ちくま文庫

暗闇のなかの希望 増補改訂版

語られない歴史、手つかずの可能性

レベッカ・ソルニット
井上利男 東辻賢治郎 訳

筑摩書房

日本のみなさんへ

私のささやかな本『暗闇のなかの希望』が日本語に翻訳されることになり、嬉しくもあり、光栄にも思ってます。太平洋の対岸のみなさんにとってこの本がどのような意味をもちうるのか、私には知るよしもありませんが、みなさんの国とのひとつの架け橋にはなるでしょう。

私は毎週のようにサンフランシスコ禅センターで座禅をしているのですが、参禅の同行者である友人ポールが最高の褒め言葉を進呈してくれました。彼は、この本に「仏教の気配」がたっぷり盛りこまれていると言うのです。

仏教は、世界を白か黒かの二者択一ではなく、両者をともに包み込む素晴らしくも多様なものとして見る観点を、私のような新参者に示してくれます。今日の世界には恐ろしい事態が進行していますが、それが唯一のありかたではありません。さらに、現在のありかたは未来のありかたではありません。一寸先の未来に何が起こるか、私たちはまったく知らないという事実を受け容れること——これが、私に何よりも身に染みる仏教の教えなのです。未来の不確かさが、希望の基盤になります。何が未来に起こるかは、部分的にしろ、何を私たちがするのかによります。

私たちは語り部です。ところが、ともすれば既知の物語が、岩のように不動で、日の出のように必然であると信じてしまいます。どのようにして古い物語を解体するのか? 解体するだけで終わらず、どのような新しい物語を語れるのだろうか? そう私は自問するようにしています。物語は私たちを陥れもするし、解き放ちもします。物語によって生かされもし、死にもする私たちですが、聞き手で終わる必要はなく、みずから話し手にもなれます。ここに記す私の物語の目的は、あなたがあなた自身の物語を語るように励ますことなのです。

二〇〇四年一一月

レベッカ・ソルニット

暗闇のなかの希望

増補改訂版

語られない歴史、手つかずの可能性

目次

凡例

・本書はレベッカ・ソルニット『暗闇のなかの希望』（井上利男訳、七つ森書館、二〇〇五年）を元にし、文庫化に際して、底本の改訂版に増補された論考を共訳者である東辻があらたに訳出した。

・改訂版に増補されたあらたな論考は、「第三版への序文（二〇一五年）希望が拠って立つもの」「2　私たちが敗北したとき」「4　偽りの希望と安易な絶望」「5　影の歴史」「振り返る　平凡な人びとの非凡な偉業（二〇〇九年）」「すべてがばらばらになり、すべてがまとまりつつある（二〇一四年）」「あとがき　後ろ向きに、前向きに」である。

・本書では、原注を（　）、訳注を〔　〕で示す。

「過去に起こった出来事は、歴史にとって何ひとつ失われたと見なされてはならない」

――ヴァルター・ベンヤミン

「ニュースがお気に召さないようでしたら、外へ出て、ご自分のニュースをつくってみましょう」

――報道記者ウェス・ニスカー（一九七〇年代、ＫＳＡＮラジオ局での番組の締めの挨拶）

暗闇のなかの希望

増補改訂版

語られない歴史、手つかずの可能性

第三版への序文（二〇一五年）　希望が拠って立つもの

あなたの敵は、もう希望はないとあなたが信じることを願っている。無力で、立ち上がる理由もない、もう勝てないのだ、そうあなたが思い込んでしまうことを。希望とはギフトだ。だれにも譲り渡す必要はない。そして力だ。捨ててしまう必要はない。希望は時に希望は反抗の身ぶりになりうるが、そのことは希望を抱く理由として十分とはいえない。むしろ、もっとしっかりした理由がある。

二〇〇三年から二〇〇四年のはじめにかけて、私は希望を擁護するためにこの本を書いた。この後につづいている文章は、ある意味ではその時代の産物である。つまり、ブッシュ政権が権力の高みにあり、イラクでは戦争が始まった、そのとてつもない絶望感に抗って書かれたものだ。あの時代はすでに過ぎ去って久しい。しかし、絶望、敗北主義、冷笑主義《シニシズム》、そして、しばしばそれらの源となる忘却と諸々の思い込みは根深く残りつづけた。きわめてワイルドな、想像できないほどに素晴しい出来事が起きていたときでさえそうだった。希望を擁護してくれる材料はたくさんあるのだ。

十年あまりの激動の年月を経た後で読み直してみると、それらの文章の前提は未だに有効に思える。進歩派、大衆主義、草の根の選挙運動は数多くの勝利をおさめた。人びとの力は変化の強力な推進力でありつづけている。そして私たちが経験した変化は素晴しいものも、酷いものも、いずれも驚くべきものだった。二〇〇三年の世界は一掃された。ダメージはまだ残っているが、その状況やイデオロギーの多くは新たなものに取って代わられた。そしてそれ以上に、私たちとはだれなのか、私たちはどのように自分自身や、世界や、世界の中のおびただしい存在を想像するのか、ということはがらりと変わった。現代は、これまで予想もできなかったような、重要で革新的なさまざまな運動が展開されている驚くべき時代だ。そして悪夢のような時代でもある。正面から関わろうとすればその両方を認識する能力がいる。

二一世紀は経済格差のおそろしい拡大を目撃している。おそらくそれは、所得水準や労働環境や社会サービスの劣化を看過してきた労働者と、革命の回避を希望しつつそれらに譲歩してきたことを忘れたエリートたち、双方の忘却からくるものだ。グローバルな権力の中心として興隆したシリコンヴァレーは、無数の職場の消滅や自動化をおしすすめ、経済格差の拡大をますます助長した。そして新しいエリートと、アマゾンやグーグルを筆頭とする怪物のような企業を世に産み出した。アマゾンは出版業や作家や労働環境に打撃を与え、グーグルはあらゆる分野で世界的な情報の独占を目指し、その過程でおそるべき権力を一手に集中させてきた。そこには大半のコンピュータ使用者に関する詳細な情報を握ることがもたらす力も含まれている。巨大IT企業は冷戦時代のクレムリンやFBIが夢にも見なかった規模の監視能力を、本来それを規制すべき政府の協力のもとで実現し、運用している。プライバシーの権利を含む市民的自由は、世界規模の「テロとの戦い」という正当化が色褪せて長い時間を経てもなお攻撃されつづけている。

それらに増してよくないことは、気候変動が科学者たちが予期した以上に早く、過酷で、破壊的なものとして到来していることだ。

希望をもつことは、こうした現実を否認することを意味しない。希望をもつことは、それらを直視し、それらに取り組むことを意味する。そのために、二一世紀が私たちにもたらしたそれ以外のもの、つまりさまざまな運動や英雄的な人びとや、今それに取り組もうとするに至る意識の変化といったものを思い出すことを意味する。たとえばオキュパイ・ウォールストリート、ブラック・ライブズ・マター、アイドル・ノー・モア〔カナダの先住民を主体に二〇一二年に発祥した、資源収奪の阻止や環境正義を求める運動〕、DREAM法制定による非合法移民の若者の救済や移民の権利を求める〝ドリーマー〟たちの運動。エドワード・スノーデン、ローラ・ポイトラス、グレン・グリーンウォルドといった人物や、企業や政府の透明性を求める運動。婚姻の平等性を要求する運動。再興したフェミニズムの運動。最低賃金や負債による労働搾取、不公正な学生ローンに取り組む経済的正義の運動（最低賃金の引上げはしばしば成果を挙げている）。そして気候変動や気候正義に関わるダイナミックな運動。さらに、それらすべての相互の重なりあい。運動の立ち上げ、社会の変化、多くの人びとの考え方や視野や枠組みの根底的な変化という点で、この十年間は本当に瞠目すべき時代だった（もちろん、そのすべてには反動もあった）。

不確かさの有用性

『暗闇のなかの希望』の原型は、アメリカがイラクで戦争を始めておよそ六週間後に、私がオンラインで発表したエッセイだった。これは発表するとすぐ、いわゆる「ヴァイラルに」拡散された。Eメールに添付されて大量に送信され、大手紙や多くのオンラインニュースに採り上げられ、一部の非主流紙には無断で借用され、印刷して手ずから配布する有志まで現れた。これは私にとって、オンラインで文章を発表することに加えて、同時代の政治の精神的な側面に向けて、つまり私たちの政治的な立場や政治参加の根にある感情や認識に向けて直接訴えかけるという冒険の最初の経験だった。私たちが何者で、どこにいるのか、それを別のやり方で語ることが貪欲に求められていたことに私は驚き、このささやかな本を書く決心をした。この本はいくつもの言語に翻訳されて興味深い経験をしてきた。あらためて序文を書き、いくつかの章と注釈をつけ足し、新しい装幀で世に出すのはうれしいことだ。中身をアップデートするとまるごと新しい本を書くことになってしまうので、二〇〇五年に出した第二版を増補して再刊することとした。

この本が出版されてから、私は希望やアクティヴィズム、あるいは歴史や可能性について語るためにあちこちへ旅をしながら何年間かを過ごした。ひょっとしたらその間に私の議論は以前よりも磨かれ、より精緻なものへと成長しているかもしれない。

少なくとも鍛えられはした気がする。この文章もまた、あの旅の風景の続きのようなものだ。

希望とは何ではないか、ということを述べておくことが重要だ。それは、かつては万事が順調だった、もしくは現在そうだ、もしくは将来そうなる、という信念ではない。途轍もない苦しみや破壊を示す証拠は私たちのまわりにいくらでもある。私の関心にある希望とは、具体的な可能性を備えた幅広い考え方に関するもの、私たちに行動を促し、あるいは命じるものだ。それは「すべてはうまくゆく」という明るい話でもないが、「すべては悪化する」という話の対極にある。複雑さと不確実さについての開かれた物語、とでも呼べるかもしれない。「希望のない批判的思考はシニシズムだが、批判的思考を欠いた希望は無邪気《ナイーヴ》だ」、ブルガリアの作家マリア・ポポヴァが最近そう書いていた。ブラック・ライブズ・マターの創始者のひとりパトリッセ・カラーズは、その運動の使命は「集合的な変革をなしとげるために集合的な力をつくりあげる、そのための集合的な行動への希望とインスピレーションを与えること」であり、その希望とインスピレーションは「深い悲しみと激しい怒りに根差してはいるものの、展望と夢へ向けられたもの」だと初期に述べていた。これは悲しみと希望が共存できることを認めるステートメントだ。

過去半世紀間には、人権をめぐって途方もない成果が生まれた。それは単なる権利の獲得にとどまらず、人種、ジェンダー、セクシュアリティ、身体性、精神性、そして何がよい生といえるのかについての観念を再定義するものだった。その達成はかつてない規模の生態系の破壊と、新たな搾取手段の発明の時代に重なっていた。そして新しい抵抗の形が生まれた時代でもあった。その中には、生態系についての洗練された新しい理解や、人びとが交流や団結をする新しい方法や、お互いの違いや隔たりを乗り越えた、胸の躍るような新たな連帯によってもたらされた新しい抵抗の形もあった。

希望は、私たちは何が起きるのかを知らないということ、不確かさの広大な領域にこそ行動の余地があるという前提の中にある。不確かさを認識することは、その帰結に影響をもたらせるかもしれないと気がつくことだ。それはあなたが一人でやることかもしれないし、数人、数百万人とともに行うことかもしれない。希望とは未知や不可知のものを受け容れることであって、確信的な楽観主義や悲観主義とは違う。楽観主義者は、私たちが関与しなくても物事はうまくゆくと考える。悲観主義者はその逆だ。どちらも自分の行動を免除する。希望とは、いつ、どのように意味が生まれ、だれや何にインパクトを与えるのかあらかじめわからないとしても、それでも私たちの為すことに意味があると信じることだ。そんなことは事後になってもわからないかもしれない。しかし、それでも意味があることに変わりはない。歴史には亡くなった後のほうがよほど大きな影響力を発揮した人物がいくらでもいる。

目標を達成できずに終わった大きな運動がある。その一方、比較的小さな意思表示として始まったものが革命の成功へ急速に拡大《マッシュルーム》する場合もある。二〇一〇年一二月一七日、チュニジアで、貧困に苦しみ、警察に不当な仕打ちを受けていた露天商モハメド・ブアジジが焼身自殺を遂げた。それをきっかけにして彼の母国で火のついた革命は、北アフリカ一帯、さらに二〇一一年にかけてアラブ諸国へと波及した。人びとの記憶に残ったのはシリアの内戦や、エジプトで大規模な騒擾後に起きた反革命運動かもしれない。しかしチュニジアの「ジャスミン革命」は独裁政権を打倒し、二〇一四年の平和裡な国政選挙に結びついた。「アラブの春」にはさまざまな側面があるが、そのこと自体が変化がいかに予測できないものか、人びとの力がどれほどの強さを発揮できるかを示す類稀な事例である。それから五年が経つが、その全貌の意味を結論づけるにはまだ早すぎる。

「アラブの春」の始まりの物語は、ほかにもいろいろな語り方をすることができる。つまり、物事が表面化する以前から影では静かな準備が進行していたということだ。「アラブの春」の少し前には、マーティン・ルーサー・キングと市民的不服従についてのコミックがアラビア語に翻訳され、エジプトで広く流通していた。よく知られているように、キングの市民的不服従の戦術はガンジーのそれに触発されている。そしてガンジーの戦術は、トルストイやイギリスの女性参政権論者たちの過激な協力拒否やサボタージュ行為から着想を得ている。そうやって、思想の糸は数十年、数百年という時間の中で織物のように世界を結びあっている。ヒップホップにも「アラブの春」につながる系譜がある。このアフリカ系アメリカ人の音楽は世界中で異議と怒りを表現するメディアとなった。チュニジアのヒップホップ・アーティスト、エル・ジェネラルはブアジジと同じように蜂起の扇動者となった。ほかのミュージシャンもそれぞれに怒りを表現し、群集を鼓舞する役割を担った。

キノコ《マッシュルーム》のように急拡大すること。雨後の地面にはどこからともなくキノコが顔を出す。その多くを生み出している地下の菌は、巨大な規模になることもあるが目には見えず、ほとんど知られることもない。私たちがキノコと呼ぶものは、菌学者が子実体と呼ぶ、より大きく目には見えにくい菌糸体の一部でしかない。蜂起や革命は自然発生的なものと思われることが多い。しかしその基礎を据えるのは目には見えにくい、長い時間をかけた組織づくりや地均し《グラウンドワーク》——あるいは地下運動《アンダーグラウンドワーク》——である。理念や価値観の変化は、作家、学者、知識人、社会運動家、そしてソーシャルメディアの声によってもたらされることもある。そういったものは、どの人や物事が重要なのか、だれの声が聞かれ、信じられるべきなのか、だれに権利があるのか、そういったものの前提が変わって、まったく別のものが生まれてくるときまで、瑣末で周縁的に見えている。

　最初は突飛だったり、馬鹿馬鹿しい、あるいは極端だと思われていた理念が、少しずつ人びとがずっと信じてきた気がするものへ変わってゆく。変化がどのように起きたか、ということはほとんど記憶されることがない。その理由のひとつは、それが何かの失墜につながっているからだ。それはメインストリームの人びとに、今とは違う時代を思い出させる。たとえば、今よりもずっとホモフォビアや人種差別が激しかった時代のことを。そして影や周縁から立ち上がった力に気づかせる。私たちの希望は光を浴びた舞台の真ん中ではなく周縁の暗がりにあること、私たちの希望も、しばしば私たちの力もそこにあることを思い出させるのだ。

私たちが語るストーリー

ストーリーを変えることはそれ自体では十分とはいえないが、それが本当の変化の基礎となることは多い。傷を治療するための最初の一歩は傷口をあらわにしてだれの目にも見えるようにすることだ。政治の変化はしばしば文化に追随する。たとえば、ずっと黙認されてきたものが許されぬことになったり、見過ごされていたものが目に見えるようになったりすることだ。それは、あらゆる対立や紛争は私たちが語るストーリーをめぐるものでもあること、あるいは、それをだれが語り、だれが聞くのか、そのことをめぐるものでもあることを意味している。

ひとつの勝利は、それ以降はすべてが永遠にうまくいき、私たちが世の終わりまで無為に過ごせることを意味しない。アクティヴィストの中には、勝利を認めると人びとが戦いをやめてしまうと危惧する者がいる。私がずっと恐れてきたのは、むしろ、勝利が無理だと思ったり、すでに達成された勝利を勝利だと思えなかったりすれば、人びとがあきらめてしまったり最初から行動を起こさないのではないかということだった。婚姻の平等性の実現はホモフォビアの終わりではないが、祝福すべきことではある。ひとつの勝利は道の傍らの里程標であり、私たちが時には勝利するという証拠であり、私たちの背を押して、足を止めさせずに前に進めるもの――そうであるべきだ。

『暗闇のなかの希望』を書いて以来、希望の根拠をめぐる私の探究は二つの大きな支えとなる力を与えられた。ひとつは、すでに世界に現われている、利他的で理想主義的なさまざまな力がどれほど逞しいものかわかったことだ。私たちの多くは、自分たちが生きている社会について尋ねられたら、それは資本主義の社会だと答えるだろう。しかし私たちが日常生活の大きな部分を生きているやり方は本質的に非資本主義的であり、反資本主義とさえいえる。家族の生活、友人関係、自分の務め、あるいは社会や精神や政治に関わる集団とどう関わり、どうコミットするかということにおいては、金銭を介することなく愛や信条から行動することがいくらでもある。

ある意味では資本主義とは現在進行形の災厄であり、反資本主義は子どもが取り散らかしたものを片付ける母親のようにそれを緩和しているのだ（あるいはこのアナロジーを敷衍するならば、立法や抗議を通じて子どもに自分で後始末するように諭したり、最初から問題を起こさないようにしたりする。さらに付言しておけば、非資本主義的なやり方は自由市場経済の仕組みよりもずっと昔からある）。アクティヴィストはしばしば、私たちが必要とする解決策がまだ実現も発明もされていないもののように、まるで私たちがゼロから始めねばならないかのように語る。そんなときも本当のゴールは世の中にある別《オルタナティヴ》のやり方の力や範囲の拡大であることが珍しくない。私たちが夢見るものはすでに世界に現れているのだ。

二つめの力は、大規模な都市災害が生じたときの人びとの反応についての私の調査の成果だった。一九〇六年のサンフランシスコ大地震、一九八五年のメキシコ大地震、ロンドン大空襲、ニューオーリンズのハリケーン・カトリーナ被害といった災害において、当局の対応の多くが前提としていたこと（および一般市民を爆撃する理屈になっていたもの）は、文明は脆い表層に過ぎず、その裏側に隠されている私たちの本性は怪物的で利己的で無秩序で暴力的、あるいは、臆病で弱々しく無力という認識だった。実際には、多くの災害において人びとは冷静沈着で、臨機応変で、利他的で、創造的だった。そして一般市民への爆撃はたいてい人びとの意思を挫くことに失敗し、人道に対する無益な罪にしかならない。

災害への反応の中で私が驚かされたのは人びとの徳ではない。有徳さはしばしば努力と忠実さによってもたらされる。私を驚かせたのは、むしろ、かろうじて生き延びた人びとの語ることにあふれる強烈な喜びだった。すべてを失って廃墟と瓦礫の中で生きていた人びとは、ほかの被災者とともに活動する中に主体性、意義、コミュニティ、直接性を見出していた。二〇〇九年に上梓した『災害ユートピア』では一世紀間にわたるさまざまな証言を参照したが、それらが示していたのは、私たちがどれだけ市民社会との意味のある関わりを欲し、社会の一員であることを望んでいるかということ、そして社会の営みがいかに私たち自身をそうした充たされた、力強い存在となることから遠ざけているかということだった。しかし状況がそれを必要としたとき、人びとはまるで本能のように、そうした自分のあり方に立ち返って自ら秩序を取り戻すことができる。したがって混乱や即興的な行動があり、新しい役割が生まれ、今や何でもありだという、狼狽させるような、あるいは高揚を誘う感覚がある点でいえば、災害は革命によく似ているといえる。

これは人間の本性についての革命的な認識であり、私たちは勤苦とは別のやり方で理想を追求することができるという発見だった。なぜなら、そこに喜びがあるとき、喜び自体が日々の惨めさや重苦しさや孤立に対抗する力になるからだ。自分の探究の終わりごろには、そのことがいろいろな分野で進行中の大きなプロジェクトの一隅を占めていることがわかってきた。心理学、経済学、神経生物学、社会学、人類学、政治学といった分野では、人間の性質がもっと協同的、協力的で共感的な存在として再定義されつつある。そうやって私たち自身の評価を社会的ダーウィニズムや〔万人の万人に対する戦いという〕ホッブズ的な考え方から回復することが重要なのは、単に自分たちに肯定的になれるからではなく、人間性についての別の見方からラディカルな可能性を立ち上げることができると教えてくれるからだ。

こうした探究の成果は、私にさらに希望をもたせた。しかし希望が単なる始まりに過ぎないことは強調しておかなければならない。希望は行動のかわりではなく、その基盤に過ぎない。「取り組むすべてのことを変えられるわけではない。しかし、取り組まないかぎり何ひとつ変わることはない」、そうジェームズ・ボールドウィンは言った。希望はそこまで導いてくれる。その先は私たちの働きだ。「未来は今備えをする者が手にする」、そうマルコム・Xは言った。その働き、世界を変えるための働きには長い歴史がある。方法、英雄《ヒーロー》たち、夢想家たち、ヒロインたち、勝利、そしてもちろん敗北にも長い歴史がある。しかし重要なのは勝利であり、その数々の勝利を記憶に留めることだ。「私たちが受け容れねばならない失望は有限だ、しかし失ってはならない希望は無限だ」、そうマーティン・ルーサー・キングは言った。

希望は枝、記憶は根

「忘却が絶望を生むように、記憶は希望を生む」と神学者ウォルター・ブルッゲマンは述べている。これは瞠目すべき指摘だ。希望は未来にかかわるものだが、その礎は過去の記録と想起にあることを改めて確認させる。私たちは過去を、敗北、残酷さ、不公正にみちみちたものとして語ることができる。永久に失われてしまった芳しい黄金時代として語ることもできる。あるいはもっと複雑でより正確なストーリーを、最良と最悪、暴虐と解放、悲嘆と歓喜のいずれもが含まれたものを語ることもできる。過去というものの複雑さとそれに関わるすべての者に釣り合うような、私たちの力もまたそこに含まれている記憶、それが希望と呼ばれる前進の力を生み出すのだ。

忘却はさまざまな道を通じて絶望を生む。「現状」が私たちに促すのは、それ自身が不変で避けがたい、不滅のものだと思い込んでしまうことだ。その臆見は、ダイナミックに変化しつづける世界の記憶を失うことで強化される。別の言葉でいえば、物事がどれだけ変化してきたかを知らないとき、人はその変化や、そもそも変化しうることに気がつくことはない。そういった考え方をする者は、クィアであることが違法だった時代のゲイバーの強制捜査を覚えていない。野放しの公害がピークを迎えた一九六〇年代には河の水に火をつけることができたことも、二、三〇年ほど昔の地球には水鳥が今より七割ほど多く生息していたことも、レーガンの「革命」によって経済が変化する前のアメリカではホームレスがごくわずかだったことも記憶していない。それゆえに、起こりつつある変化の力を知ることがない。

抑鬱のひとつの側面として、自分を捉えている悲惨から逃れられない、何ひとつ変えられることも変わることもないという感覚がある。それが、現在の牢獄から逃れる唯一の明確な出口として死を魅力的なものに見せる。社会にも、個人的な抑鬱に相当するものがある。個々人ではなく国が、あるいは社会が行き詰まっている感覚だ。物事は常に良く変わるとは限らない。しかし物事は変わる。行動しさえすれば、私たちはその変化の中で何らかの役割を果たすことができる。その変化こそが、希望や、記憶、すなわち私たちが歴史と呼ぶ集合的な記憶が生まれる場所なのだ。

忘却がもたらすもうひとつの困難は、ポジティブな変化や人びとの力を示す例、つまり私たちに何かができること、あるいはすでにやったことを証す事例が失われることだ。ジョージ・オーウェルは「過去を支配する者は未来を支配する。現在を支配する者は過去を支配する」と書いている。過去を支配することの第一歩は過去を知ることだ。私たちとは何者であり、何をやってきたのかを語るストーリーが、私たちがこの先にできること、することを左右する。絶望はしばしば時期尚早でもある。それは不可避性だけでなく性急さの形式でもある。

毛沢東時代の宰相、周恩来の発言に、政治的な変革についての私の好きな言葉がある。一九七〇年代初期にフランス革命に関する見解を問われたとき、彼は「何か言うにはまだ早い」と応えたのだ。この発言は一七八九年の王政打倒ではなく一九六八年の騒乱のことではないかという議論はあるが、仮にそうでも雅量と視野の広さがある。四年たってもまだ判断には早いという感覚を失わないこと。それは、現代の多くの人びとには耐えられないくらいの、開かれた不確かさとともに生きることだ。

報道の時間的なサイクルは、あたかも変化が突然の小さな爆発のごとく生じているように、あるいはまったく起こっていないように見せる傾向がある。これを書いているとき、一九七三年のチリの歌手で政治活動家でもあるビクトル・ハラ殺害の嫌疑で軍人たちが起訴された。四〇年以上の月日が流れている。それよりはるかに長い時間をかけて結末を迎えるストーリーもある。女性が参政権を獲得するための闘いは三四半世紀近く続いた。一時期、人びとは口をそろえてフェミニズムは失敗したと語りたがった。それは、数千年もつづいてきた社会の仕組みを覆すプロジェクトについて、わずか数十年間で最終的な勝利を収めねばならないと主張したり、まったく停止してしまったと嘆くようなものだった。フェミニズムはまさに始まったばかりであり、その運動は先進国の都市だけではなくヒマラヤの奥地の村にも重要な意味をもっている。一九七〇年代のフェミニズムで重要な役割を果たした、現代の偉大な作家でもあるスーザン・グリフィンは最近こんな述懐をしていた。「私が人生で目撃してきた変化は、絶望が単に自己破壊的であるだけではなく、非現実的だと知るのに十分なものだった。」

勝利に終わり、やがて忘却された変化もある。急進派の人びとが数十年間も関心を寄せてきた東ティモールでは、一九七五年から続いていたインドネシアの実力支配が二〇〇二年に終わった。解放された国はもはやニュースにもならなくなった。この国が自由を勝ち獲ることができたのは、内部で行われた勇敢な闘いだけではなく、さまざまな外部の集団が各国政府にプレッシャーをかけ、インドネシア体制への支持を糾弾したからだった。力と団結を示すことや、その先に得られた東ティモールの勝利から学べることはたくさんあった。しかしその闘いはまるごと忘れ去られてしまったように思える。

ピーボディ・ウェスタン・コール・コーポレーションは、アリゾナ州ブラックメサのホピ族・ナヴァホ族の土地で数十年間にわたって石炭の採掘を行ってきた。その結果大気は汚染され、この地域から大量の水が失われた。ブラックメサの闘いは、先住民の主権と環境正義のための部族的な闘争だった。そして二〇〇五年に炭鉱が閉鎖されると、この出来事は話題に上らなくなった。これは内部における粘りづよい運動と外部からの緊密な連帯、法廷での長い闘争、そして不屈さの事例でもあったのだが。

こうした勝利はあらゆる人の精神のランドマークとなるように何度でも繰り返し語られねばならない。さらに大きな話としては、たとえばほんの二、三〇年前には性と生殖の権利（リプロダクティブ・ライツ）という概念がまだなく、女性に対する排除、差別、職場でのセクシュアル・ハラスメント、ほとんどの場合のレイプ等の犯罪は法的に認知されないばかりか認容されることもあり、被害者が頼れるものが無かった。そのことを忘れている人びとは、女性の地位の変化をいとも容易く見過ごしてしまう。こうした変化は、どれひとつをとっても、当然のものとして起きたものではなかった。人びとが闘って勝ち取ったのだ。

人びとは変化の意味を考えることなく順応できてしまう。二〇一四年の時点で、アイオワ州は電力の二八パーセントを風力のみでまかなっている。これは、この保守的な州でだれかが化石燃料企業の死を宣告したとか、何かを、あるいはだれかを打倒したからではない。それが賢明で手ごろな価格の選択肢だったからだ。デンマークでは二〇一五年の夏、風力発電が必要電力の一四〇パーセントに到達した（余剰分は近隣国に売却している）。スコットランドでは再生可能エネルギーによる発電が五〇パーセントに達し、二〇二〇年に一〇〇パーセントを目指す目標が定められた。二〇一四年にアメリカ合衆国で設置された太陽光パネルの数は前年より三割増えている。そうやって世界中で再生可能エネルギーはより手ごろなものに変わり、場所によってはすでに化石燃料エネルギーよりも安価になっている。こうした変化は少しずつ、静かに進行してきた。多くの人はそうした爆発的な変化が生じていることを知らないし、それが始まっていたことすら知らない。

私たちが今いる場所、そして過去にいた場所から学ぶことがひとつあるとすれば、それは想像もできないものはどこにでもあるということ、つまり、前へ向かう道が遠くまで見通せるまっすぐな道であることは滅多にないことだ。それは驚きや、恵みや、困難に満ちた曲がりくねった小道であり、私たちは直観に加えて自らの盲点を受け容れてその準備をする。ハワード・ジンは、一九八八年という、幾多の政治的動乱とテクノロジーの変革が訪れる前の、今からすれば「失われた世界」のような時代に次のように書いていた。「この世紀のさまざまな歴史は、それにまさに幕が引かれようとしている今、そのまったくの予測不可能性を明らかにしている」。彼がそのとき考えていたのは、民主党全国大会が黒人のミシシッピ州自由民主党代表の出席を拒んだ時代から、ジェシー・ジャクソンが（主に象徴的なキャンペーンとして）大統領選に挑んだ時代、つまり、まだほとんどの人が生きているうちに黒人の一家がホワイトハウスに暮らす姿を目にすることはないだろうと考えていた時代までの隔たりのことだ〔一九六四年から一九八四年のこと〕。その「不確かさの楽観主義」というエッセイにはこんな言葉が続いている。

公正のための闘いは、銃や金銭をもつ者が圧倒的な力を手にしているように見えたり、それを手放さない者が無敵に見えるからといって放棄されるべきものではけっしてない。その見かけの力は道徳的な熱意や、信念、団結、連帯、犠牲、機知、創意、勇気、忍耐といったものに対しては脆弱であると幾度となく証明されてきた。アラバマ州や南アフリカの黒人たち、エルサルバドルやニカラグアやヴェトナムの農民たち、あるいはポーランド、ハンガリー、そしてソヴィエト連邦の労働者や知識人たちによって。[1]

人びとには力がある

社会や文化や政治の変化は、予期しない時に、予期しないやり方で起こる。ベルリンの壁が崩壊する一カ月前には、ソヴィエト陣営が突如として解体されることを予期していた者はほとんどいなかった（原動力の一部は一九七〇年代以来の市民社会、非暴力直接行動、希望をもった組織的な運動が発揮した途轍もない力だった）。「アラブの春」や、オキュパイ・ウォールストリート、その他の大規模な運動に立ち上がることがどんなインパクトをもたらすのかは、参加した者でさえ見通していたわけではなかった。

私たちには何が、どのように、いつ起きるのかはわからない。その不確かさこそが希望の場所なのだ。

こうした出来事の意義を疑う者は、そのとき権威やエリートがどれほど恐れおののいたかを考えてみるといい。その恐怖は、大衆には体制を転覆させ、社会契約を書き換えるに足る現実的な力があると知っていたからこそのものだった。そして、多くの場合それが現実になった。時に敵は、味方が何を信じることができないかを見破ることがある。こうした出来事を不完全なもの、限界のあるもの、あるいは完遂されなかったものとして否定する者は、そこにどんな喜びや希望が輝いていたのか、それらによってどんな現実的な変化が訪れたのかにもっと目を凝らさねばならない。それはいつも明白でわかりやすいとは限らない。

そして、なんであれ失敗だと思いたいなら失敗になる。私の大きな助けになってきた喩え話を書いておこう。ハリケーン・カトリーナの被災地で団地や病院や学校が洪水に襲われ、シングルマザーや幼児や高齢者などを含めて、多くの人が建物の上階や屋根の上に取り残された。それを救助したのは数百人ものボート所有者だった。だれも「全員は助けられないからこれは無駄だ、価値のない間違った努力だ」と言う者はいなかった。しかしもっと抽象的なことについては、人はそんなことをよく口にする。そこに生命、土地、文化、人類、権利といったものが賭かっているとしてもだ。彼らは釣り船、手漕ぎボート、カヌー、その他のあらゆる種類の小さな舟に乗って現地に向かった。中にははるばるテキサスから自動車でやってきて、当局の通行止めを回避して現地に入った者もいた。市内から自分たちで手立てを講じて脱出した者もいた。堤防が切れた翌日には、ボートを牽引して現場へ向かう自動車が数珠繋ぎの渋滞になった。このときレスキュー活動に向かったボート所有者たちは、後にケイジャン・ナヴィという呼び名で知られるようになった。この人達は、だれも「自分はみんなを助けることはできない」とは言わなかった。彼らはみな「自分はだれかを助けられる、それは意味のある大事なことなのでそれに命を賭ける、そのために当局に反抗することもかまわない」と言ったのだ。そしてその通りにした。もちろん物事の仕組み自体の変化を促すこと、つまり、そもそもニューオーリンズの一部の人びとを苦しめてきた気候、インフラ、環境や経済における不公正を問題にすることで、惨事の予防につながる可能性のある変化を生むことも重要なのはいうまでもない。

変化が一直線に進むことは滅多にない。それがこの本の中心になっている前提のひとつだ。変化はカオス理論のように複雑なこともあれば、進化のようにゆっくりと進むこともある。突然起こったようにみえるものも、過去の深い根から伸びたものだったり、ずっと眠っていた種から生えてきたものだったりする。ひとりの若い男の自死が蜂起を触発し、それがさらに多くの蜂起を促すとしても、その出来事自体はひとつの火花に過ぎなかった。その火花が燃えあがらせた篝火は、アクティヴィストのネットワーク、さまざまな理念、市民的不服従、そしてあらゆる場所に存在する公正と自由を求める深い望みによって準備されていたものだった。

重要なことは、こうした出来事の長期的な帰結だけではなく、その最中の内実を問うことだ。少しでも希望が実現され、いくらかでも輝くような喜びがあり、個人や集団を隔てるものがすこし小さくなった、人びとが一時間でも一日でも数カ月でもそんな世界に生きていると自覚したなら、それには意味がある。喜びと解放の記憶は道標にもアイデンティティにも贈り物にもなるだろう。

ポール・グッドマンの有名な言葉がある。「仮に君が語り、夢見ている革命が実現したとしよう。君の陣営が勝利して、望み通りの社会を手にしたとする。君はその社会で個人としてどう生きるのか？　今そう生き始めればいいのだ！」これは小さな束の間の勝利の擁護だ。全面的な勝利にいたらない、あるいはその可能性さえないときに部分的な勝利の可能性を擁護すること。全面的な勝利というものは、いつでも宗教を抜きにした天国のようなものに感じられる。あらゆる問題が解決して、もはや何もすることがない、ひどく退屈な場所だ。旧来の左翼の絶対主義者は、勝利は到来すれば全面的で恒久的なものになると思っていた。これは実質的には勝利が過去も現在も不可能であり、将来も決して訪れないということに等しい。実際には勝利はただの可能性には留まらない。勝利は小さいもの、大きいもの、あるいは徐々に拡大するものといった、よくある形式を含めて数限りない形で実現されてきたが、広く語られて期待されていた形ではやってこなかった。だから勝利は讃えられることなく忘れられ、失敗のほうが人目につくことになる。

そんな中で、時おり、可能性が爆発する時が来る。そんな決壊のとき、人は自分が「私たち」の一員であることに気がつく。その時まで、少なくとも主体性とアイデンティティと力を備えたものとしては存在していなかった「私たち」だ。不意に新しい可能性が顔を出す。あるいは公正な社会という古い夢が再び姿を現し――少なくとも束の間の――輝きをみせる。時にはユートピアが目標になる。そしてしばしばユートピアはその出来事自体に内包されている。それがどんな瞬間かを説明することは難しい。なぜなら、多くの場合その生活は苦しく、つまらぬ争いもあり、やがて幻想は捨てられ、党派間の対立が生じるからだ。しかし、そこにはもっと、とても現実とは思えないようなものもある。個人や集団の力の発見、夢の実現、より大きな夢の誕生、政治にとどまらず感情をも含めたつながりの感覚といったもの。そして、輝きを失うときにも後戻りをしないような、人びとの生の変化だ。

時には、そうした出来事がどこかに埋没してしまい、はっきりとした成果を残さないこともある。そして時には帝国が崩壊し、諸々のイデオロギーが足枷のように捨て去られることもある。しかしそれをあらかじめ知ることはできない。公的な機関に属する人びとは、自分たちは重要な力を手にしていると心から信じている。しかし、彼らの力は私たちが与えたものであり、それを私たちが取り戻すのは珍しいことではない。政府や軍に命じられて行われる暴力は失敗に終わることが多く、非暴力の直接行動は成功することが多いものだ。

大衆を指して「眠れる巨人」ということがある。それが目覚めるとき、つまり私たちが目覚めるとき、私たちはただ大衆であるだけではない。私たちは市民社会という強大な力となる。その非暴力という方法は、時として、束の間の輝かしい瞬間においては暴力よりも強力であり、体制や軍隊よりも強力である。私たちは自分たちの足と、存在と、集められた声とヴィジョンによって歴史を書く。それでも、予想に違わず主流のメディアは、それが遠くで起きているか、ずっと昔のものか、あるいはその両方という彼らにとって理想的な条件を満たすものでない限り、大衆の抵抗は馬鹿馬鹿しい、意味のない、犯罪的なものだという声で埋めつくされるだろう。それは巨人に眠ったままでいることを促す力だ。

力を合わせれば私たちは強力だ。私たちには、ほとんど語られることのない、ほとんど記憶もされていない勝利や変容の歴史がある。私たちはそこから自信を得ることができる。そう、私たちは世界を変えられる、なぜなら私たちは何度もそうやってきたのだから、と。人は後ろ向きにオールを漕いで前に進む。こうした歴史を語ることは、人びとが未来への道を見つけるためのひとつの手がかりなのだ。私たちには自分たちの勝利を讃える栄唱が、あるいは題目、マントラ、経文、戦いの歌が必要だ。過去は真昼の光の中に留まっている。私たちはそれを松明のようにかかげて、未来という名の夜にわけ入ってゆくのだ。

1　暗闇を覗きこむ

　第一次世界大戦に突入して六カ月、ヨーロッパ全土が殺し合いの渦中にあった一九一五年一月一八日、ヴァージニア・ウルフは「未来は暗闇に包まれている。概して、未来は暗闇であることが一番いいのではないかと考える」と日記に記した[2]。彼女は、見通せないという意味で暗闇と言ったのであり、恐ろしいという意味ではなかったようだ。私たちは、これをしばしば取り違える。つまり、未来の不可知性をなにか確かなもの、私たちのあらゆる恐怖の実現、道が途切れた行き止まりと置きかえてしまう。だがいつも、世界の終末よりもはるかに予想外のことが起こるものなのだ。

　二〇年前、ソ連が消滅したり、インターネットが出現したりする世界を、だれが想像しただろう？　当時、南アフリカの体制が変わり、政治囚だったネルソン・マンデラが大統領になるなどと、だれが夢想しただろう？　ほんの一例を挙げればメキシコ南部で蜂起してもっとも広く名を馳せたサパティスタ民族解放軍をはじめ、先住民の世界がこれほど盛んに復活すると、だれが予測しただろう？　四〇年前、白人以外、男性以外、また異性愛者以外の人びとの地位がすっかり変わったり、権力や経済、自然やエコロジーをテーマに自由で開かれた対話が行われたりするようになると、だれが想定しただろう？

未来だけではなく、いまこのときさえ暗闇に包まれているのではないかと思えることがある。私たちの住む世界は、地球温暖化とかグローバル資本といった悪夢のためにだけではなく、自由と公正を求める夢によっても、あるいは夢にも思わなかった要因によっても激変したと実感している人はほとんどいない。どのくらい変化したかを調べなくても、私たちはその変化に順応してしまうし、どれほど文化が変化したかも忘れてしまう。[3] 何十年か前にはゲイの権利などは思いもよらなかったが、最高裁判所は二〇〇三年の夏にこれを擁護する画期的な裁定を下し、二〇〇四年の暮れには同性婚を支持したマサチューセッツ州最高司法裁判所の裁定の見直しを却下した。このようなことが可能になるためには、目に見えないわずかな変化がどれくらい蓄積することが必要だったのだろう?　そうした変化はどのようにもたらされたのだろう?　私たちは、夢は実現すると望みをもちつづけなければならない。また同時に、世界は想像を絶して奔放であると認識していなければならない。

一九八二年の六月、一〇〇万の人びとが核軍縮の第一歩となる東西両陣営の核兵器開発凍結を要求してニューヨークのセントラル・パークに集まった。彼らは成功しなかった。その運動には、二、三年のうちには目標を達成し、それぞれの日常生活に戻れると信じる人びとがいっぱいいたからである。彼らを動かしていたのは、世界はいずれは安全——なによりも、その運動から日常に戻れる程度に安全——になるだろうという筋書だった。継続してすばらしい活動をした人たちもいたが、多くは失望し、あるいは燃えつきて家に帰ってしまった。だが一〇年もたたないうちに、ヨーロッパの反核運動と、それがソ連最後の大統領ミハイル・ゴルバチョフに与えた影響とがあいまって、本格的な核兵器削減が交渉されるようになった。しかしその後、この課題は表舞台から消え、せっかくの成果もその多くが失われてしまった。アメリカ上院は、核兵器の開発と拡散に終止符を打てる可能性があった包括的核実験禁止条約の批准を拒んだ。いまは逆に新たな国々が核武装に走り、現在のブッシュ政権は、一九九一年に禁止された本格的核実験計画の復活、新世代核兵器の開発と製造、そして核備蓄増強の再開を検討しており（ただし議会は二〇〇四年十一月に新規の核兵器計画の予算化を却下した）、かつては禁じられていた様態での核兵器の使用さえ考えているらしいというありさまで、軍拡競争はいっこうに収まっていない。核凍結運動期のアクティヴィズムは、固定的な展望と非現実的なスケジュールを掲げ、八〇年代末に冷戦が終結するなどとは予想しないままに活動を切り上げてしまった。あの期待された平和の配当〔軍事関連の予算やリソースを平和目的や民生目的に振り向けること〕に手が届くだけの努力も忍耐もなかった彼らは、結局なにも得られなかったのである。

　いつも家に帰るのが早すぎる。いつも成果を計算するのが早すぎる。私は〈平和のための女性ストライキ〉（ＷＳＰ）に関わった女性の手記を読んだことがある。彼女たちはアメリカ初の大規模な反核運動を展開し、一九六三年の部分的核実験禁止条約という大勝利に寄与した。これは地上核実験を終結させ、母乳や子どもの乳歯に検出されていた放射性降下物の大幅な削減をもたらした（彼女たちは、現在でいえば国土安全保障省のような当時の下院非米活動委員会の失墜にも貢献した。自分たちを主婦と位置づけ、ユーモアを武器に使い、委員会の反共尋問の滑稽さを浮き彫りにしたのだ）。彼女は、ある朝、ケネディ大統領が執務するホワイトハウスの前で行われた抗議行動に加わっていたとき、雨のなかに立っていて、なんてばかばかしく無駄なことをやっているのかと感じていたという。何年もたってから、核兵器問題のアクティヴィストたちのなかでもっとも著名な人物となる小児科医のベンジャミン・スポック博士が、「私にとっての転機は、女性たちの小さなグループが、ホワイトハウスの前で雨に打たれながら抗議しているのを見かけたときであり、あの人たちがあんなに熱心にやっているのなら、私も問題をもっと真剣に考えなければならないと思ったのです」と語るのを彼女は聞いたそうである。

因果の考え方は歴史は前進するものと仮定するが、あいにく歴史は軍隊とは違う。むしろ急ぎ足で横這いするカニ、あるいは石を穿《うが》つやわらかな水の滴り、数世紀かけて蓄積した地殻の歪みを解き放つ地震だ。たったひとりの人が運動を触発することもあれば、ひとりの人の言葉が、数十年も後になって実を結ぶこともある。ときには、少数の熱烈な人びとが世界を変え、大衆運動を先導し、数百万の人びととの行動を招きよせる。ときには、その数百万の人びとが同じ憤りや理念に奮起を促されて、やがて天気が変わるように変化が到来する。こうしたすべての変化に共通するのは、その始まりが想像力や希望の中にあることだ。希望をもつということはギャンブルである。希望をもつということは未来や自分たちの欲求に賭けることであり、開かれた心や不確かなものが、塞いだ心や安全なものに優るかもしれないという可能性に賭けることだ。希望をもつことは危険であり、それでいて希望は恐怖の対極にある。なぜならば、生きることはそれ自体冒険だからだ。

私がこんなことを書くのは、希望はソファに座って宝くじを握りしめながら幸運を願うこととは違うからだ。希望とは非常時にあなたがドアを破るための斧であり、希望はあなたを戸外に引きずり出すはずだからだ。それはあなたの持つすべてのものを動員して、未来を際限のない争いから救い出し、地球の宝物の消滅を防ぎ、貧しい人びとや周縁にいる人びとを虐げることをやめさせるものだからだ。希望は、単にもうひとつの世界が可能かもしれないということにすぎず、そこには約束も保証もない。希望は行動を求める。希望がなければ行動はできない。ドイツの哲学者エルンスト・ブロッホは、一九三〇年代に著した希望についての大著の冒頭に次のように記している。「この感情のはたらきは、生成するもののなかにその身を投げ出す人間を求める。[4]彼ら自身もまた、その生成するものの一部である」。希望をもつことは、あなた自身を未来に捧げることであり、その未来へのコミットメントが、現在を生きられる場所にするのだ。

　あらゆることが起こりうるが、それが起きるか否かはすべて、私たちが行動するかどうかにかかっている。なまけ者や無関心な者はこの宝くじを手にすることはできないが、積極的な者には途方もない見返りを得るチャンスがある。私があなたにこんなことを書くのは、私が何かに気がついていないからではない。私は、世界の帝国を夢見て迷走するアメリカが、自分自身とその体現してきた価値を破壊し、国内の民主主義を壊滅させる寸前に至っていることに気がついている。そして、私たちの文明が、まさにその生存基盤である自然そのもの、つまり海や大気と、数えきれない種類の植物と虫と鳥とを絶滅間際に追いこんでいることに気づいている。私がこれを書くのは、気がついたからだ。戦争が勃発し、この惑星がさらに加熱し、生物種が絶滅するであろうことに。しかし、その数、その温度、そして何が生き残るのかということは私たちの行動にかかっている。未来は暗闇だ。その闇は墓の暗闇、そして子宮の暗闇と同じだ。

　私はこの本で、どのように変化が生まれるかについて、新しい見方を示したい。見過ごされている勝利をいくつか数え上げ、私たちの住む世界の激変ぶりを測り、多くの者に世界の中の声となることを躊躇わせている思い込みを取り除きたい。この時代、この地上にある可能性と不思議と危険とにふさわしい想像力を道連れにして、はじめからやり直したいと思うのだ。

2　私たちが敗北したとき

　ここ数年間にふたつの大きな絶望の波が押し寄せてきた。波という表現はすこしエネルギッシュにすぎるかもしれない。絶望は失速や凪や座礁のように感じられるものだから。いちばん最近の絶望はアメリカの大統領選挙をめぐるものだ。ウルグアイの作家エドゥアルド・ガレアーノがいうように、まるでジョージ・W・ブッシュは世界の大統領になろうとしているかのようだった。そして彼は勝った。世界中の多くの人びとの反対や、世論調査や、アメリカの有権者の過半数は彼を選ばなかった——ジョン・ケリーも選ばなかった——という事実とは裏腹に。四〇パーセントの有権者は投票に行かなかった。多くのことでケリーと意見を異にしながらも、進歩派と左派の連帯や運動が盛り上がり、ブッシュ政権下で暴力や破壊が記録的に増大し、イラク戦争がだれの目にも明らかな惨状に陥っているにもかかわらず、彼は勝った。つまり私たちは負けた。

その痛みは生々しく、ありあまるものだった。直接の苦痛はなくとも、自分たちの愛するものがさらに傷つけられるのを目にするであろう多くの人びとは痛みを感じていた。それは真実、同胞たる人間、たとえばアメリカに入国を拒まれている人やイラクで飢えながら銃を向けられている人、そして海の魚や森の樹木といったものだ。その共感も疲弊の感覚もありあまるものだった。ブッシュという酷い荷物を捨てることを夢見ていた私たちにとって、その鉛のような重荷がさらに四年間つづくことは苦痛だった。私たちは、もはや麻痺して何も感じなくなっていた状況の痛みを改めてはっきり感じた。

しかし、絶望はまたそれとも別の問題だった。選挙が終わるすこし前、私は例の「対話」から遠ざかっていようと心に決めた。つまり、あらゆる物事がどれほど悪化しているかをお互いに嘆き悲しんでみせたり、自分たちを否定する根拠をつらつらと挙げてみせたりするといったことだ（自分自身の告発者になることは、左翼が私たちに与えてくれる面白い機会のひとつである）。それはいかなる希望も想像力も、絶望がひきこもる湿った洞穴に埋めてしまう。今その絶望を手にした人びとを見ながら、私たちがそれから何を得られるのかを考えていた。絶望の確かさだろうか？　それはそもそも追求に値するような確かさなのか？　ストーリーは私たちを罠にかけ、私たちを自由にする。私たちはストーリーによって生き、死ぬ。しかし、人びとのあの「対話」を耳にするときに聞こえてくるのは、人びとが自分たちが聞かされていると思い込んでいるストーリーをお互いに語りあう声だ。その他に語られうるストーリーにはどんなものがあるのか？　どうすれば人びとは自分たちが聞き手になるだけではなく、語り手になる力があると知ることができるのか？　希望とは不確かさのストーリーであり、次に来るものを知らずにいるリスクと折り合いをつけるストーリーだ。これは絶望よりも骨が折れるものだし、ある意味ではもっと恐しい。ただし得られるものは途方もなく大きい。深い抑鬱から抜け出したとき、あるいは鬱状態の人を前にしたときに驚かされるのは、悲惨の圧倒的な自己陶酔性だ。だからこそ政治的な想像力はより深く、より遠くを見たほうが活力を得られる。より大きな世界、あの時期にはまるでそれが消えてしまったようだった。地球には二つの場所、つまりこの世の地獄のようなイラクと、中心から腐敗するアメリカ合衆国しかないかのようだった。たしかにアメリカは世界の軍事力の中心であり、世界の石油供給の統制をめぐってアラブ世界の只中で展開された戦争は重大な出来事だった。イラクの人びとの苦しみは蔑ろにはできないし、一〇万を越えるイラクの人びとの死も、今これを書いている時点で一五〇〇人以上のアメリカ人、七六人のイギリス人の死も重大だ。そこでは未来が打ち砕かれている。

その一方で、私は未来が南米で創られつつあると思っている。[6]二〇〇四年秋の選挙について考えるとき、私は三つの選挙を一組にして考える。ウルグアイでは、四年間のおぞましい政権どころではなく、一七〇年を経て、つまりヴィクトリア女王が十代だったころ以来、ようやく人びとはまともな左派政権を手にすることができた。エドゥアルド・ガレアーノは喜びを込めてこう書いた。

> 北米でこの惑星の大統領の選挙が行われる数日前、南米ではウルグアイという名の、ほとんどだれも知らない秘密の国で選挙と国民投票が行われていた。この選挙では国の歴史上はじめて左派が勝利した。国民投票では世界の歴史上はじめて、水資源の民有化が人びとの投票によって拒否された。水はすべての人の権利であ

ることがはっきり示された。……この国はほとんど注目されることもない。ニヒリズムさえ支持しないほど懐疑心が強いウルグアイ人たちが、信じることを始めた。それも情熱的に。物憂げでおとなしい、傍目には鎮静剤を飲んだアルゼンチン人のような人びとが、今は踊り狂っている。勝者には途方もなく重い責任がある。この信頼の再生と幸福の復活は注意深く見つめねばならない。我々は日々、カルロス・キハノがどれほど正しかったかを思い起こすべきだ。彼は、希望に対する罪は、赦しと贖いが及ばないただひとつの罪だと言ったのだ。[7]

アメリカの選挙の少し後、チリではブッシュ政権とその政策に対する大規模な抗議運動が起こり、何日間か続いた。もしかするとチリこそが世界の中心なのかもしれない。その点でいえば、彼らがピノチェトの恐るべき軍事独裁政権から、地球の反対側の正義について熱を入れて発言できるような民主体制に移行したことも示唆的だ。長きにわたってチリの政治を見てきたロジャー・バーバックは、この抗議運動の後に以下のように書いた。「ブッシュに代わるチリ的なやり方は実際にある。それは国際法を駆使し、世界規模の国際的な刑事機構を構築して、かつての独裁者や真のテロリストを追いつめることである。それは市井の人びとが自分たちの未来を築く力にもなるような、平等主義的な経済体制の上に成立するものだ」[8]。一月後、チリはイギリスが失敗したことをやり遂げた。ピノチェトを裁判にかけて、その罪を問うたのである。そしてベネズエラの人びとは、アメリカが関与した二〇〇四年八月の信任投票において、左派で大衆派のウゴ・チャベス大統領をふたたび地滑り的な勝利に導いた。彼は二〇〇二年にアメリカを後ろ盾にして企てられたクーデターの標的になっていた人物である。同じ年の春、アルゼンチンの現職大統領ネストル・キルチネルが、新自由主義に反旗を掲げるアルゼンチンの人びとの声を背景に、国際通貨基金（ＩＭＦ）に大胆な拒否を突きつけた[9]。その前年、ボリビアの人びとは天然ガスの民有化に対する激しい反対運動を展開し、新自由主義的な大統領をマイアミに亡命させた。その少し前にはブラジルのルイス・イナシオ・ルーラ・ダ・シルヴァ政権が、開発途上世界における世界貿易機構への反抗の先陣を切っていた。新自由主義の巨大な実験室だった南米は、今やその有害な経済原則に対してもっとも大きな反乱が起こっている場所である（新自由主義の経済原則は、簡単にはグローバル化と呼ばれるものの背後にある野放しの国際資本主義および、財・サービスの私有化への盲目的信奉といえるだろう。企業グローバリズムならびにあらゆるものの商品化という方が正確かもしれない)。

イラクやアメリカは忘れよう、ということではない。ウルグアイやチリやベネズエラを忘れずにいよう、ということだ。ブラジルやボリビアやエクアドルやアルゼンチンで展開された、民有化に対抗し、公正、民主主義、農地改革、先住民の権利を擁護する、目を見張るようないろいろな運動を忘れずにいよう。どちらか、ではなく、どちらも忘れずにいよう。こうしたさまざまなコミュニティが、手段と目的いずれの点でも優れた政治を発明している点で、南米は重要だ。南米は、二〇年ほど前、大陸のほとんどすべての国が悪辣な独裁者に率いられていた事実においても重要だ。私たちは圧制と恐怖への移行がどのように起こったのか、人びとがどのように悪夢に落ち込んでいったかは知っている。しかし彼らはどうやって悪夢から目を覚ましたのか? 自由や自信へのゆっくりとした登り返しはどのようにして起こったのか? その回復への道程は考えてみる価値がある。なんとなれば、私たちが知る限り、ブッシュは千年王国の入り口ではなく八年の任期の真ん中にいるだけなのだ。

というのは、歴史は二〇〇四年という年を、バラを這うアブラムシのようにその中を生きた私たちの顕微鏡的な視野ではなく、望遠鏡のような視野において、つまり最近の二、三〇年に起きた激しい変化の流れの一部として記憶することになるからだ。そこには悪い変化もあれば良い変化もあった。二〇〇四年だけみてもアメリカの選挙に留まらない、はるかに大きな広がりがあった。ウルグアイが史上初めて大それた選挙をやり遂げただけではない。ウクライナの選挙も騒々しいものになった。大規模な選挙不正、ダイオキシン攻撃、メディアへの介入、さらにクレムリンとＣＩＡの関与する状況は理想的とはいい難いものだったが、勇敢な人びとは街頭にキャンプを張り、声を出し、踊り、国会へ行進した。そこには一五年前、当時の共産主義政権に対抗した中央ヨーロッパの運動を思わせるものが共鳴していた。インドでほぼ一〇億人もの市民が、ヒンズー的レイシズムと盲目的な新自由主義もろともインド人民党を拒絶するという、さらに大きな出来事もあった。後に、作家で批評家のアルンダティ・ロイは、「主流の政治との疎遠さを感じていた私たちの多くにとって、そこには滅多にない、束の間の歓喜の瞬間があった」[10]と書いている。政治にとって、選挙や政府における主流は何程のものでもない。希望のもっともふさわしい居場所である周縁には、それよりよほど大きなものがあるのだ。

　世界はいつもこんな感じだ。世界は昨秋のウルグアイのようではなく、かといってアメリカのようでもなく、その両方なのだ。F・スコット・フィッツジェラルドの言葉に、「第一級の知性の試金石は心の中で相反する二つの考えを同時に抱いていられること、そのうえで心の働きを失わないこと」[11]という有名なものがある。しかし、世界の状況は総じて二者択一であるべきものとして語られることが多い。そうすると、すべてが順調ということはないのだから、すべてはまったく駄目ということになる。フィッツジェラルドの言葉の続きは忘れられがちだが、それは「人は、たとえば、物事に希望がないと思いながらも、それは好転させられると決意できねばならない」と続いている。いったい何が一九八五、六年ごろのヴァーツラフ・ハヴェルに希望を持たせていたのだろうか。その頃チェコスロヴァキアはまだソヴィエトの衛星国で、ハヴェルは収監中の劇作家だった。

当時、ハヴェルは次のように書いていた。

> 囚人という、とりわけ希望のない状況で私がよく考えている希望とは、世界の状況ではなく、何よりもひとつの精神の状態だと理解している。私たちが内面に希望を持っているか、それとも持っていないか。それは魂の次元であって、必ずし

も何らかの世界の様子とか状況の理解に左右されるものではない。希望は予知することではない。それは精神の方向性、心がどこへ向いているかだ。それは直接に経験される世界を超越して、水平線の先のどこかにつながっている。希望とは、そうした深く力強い意味において、物事がよくなることの喜びと同じではないし、ただちに成功をもたらしそうな計画に賭ける意思でもない。むしろ、何かの成功の好機によってではなく、よいことだという理由でそのために働ける能力のことだ[12]。

希望と行動はお互いを成長させる。十分な理由があって絶望や無力感をもつ人がいる。囚われの人、極貧、ただ生存するための労働に押し潰されている人びとや、間近な暴力に怯えながら生きている人びと。人を無為にさせる理由にはもっとわかりにくいものもある。二〇代の半ばまで自分が政治に無関心だった理由を考えると、政治に関わることとは、つまり自分自身の力を自覚することだと思いあたる。つまり自分の行動に意味があるという感覚だ。そして何かに帰属している感覚。そういったものが私に訪れたのはずっと後だったし、これはすべての人に起こることではない。疎外や孤立を乗り越えること、あるいはその原因を克服することは、それが起こった者の政治的目標になる。そうした者にとって、絶望はむしろ克服可能なある種の疲弊や信念の喪失であり、政治的であること自体が限られた者の特権であることを念頭におけば、贅沢でさえある。私は、そういった人びとを批判することをやめるつもりはない。その一方で、時として、いちばんそんなこととは縁遠そうな人びとが立ち上がって権力を手にすることはある。たとえば何者でもないと思われている主婦とか、獄中で連帯している囚人とか、そういった人びとだ。つまりそこに賭かっているものを肌で知っている人びとだ。別の言い方もできる。ブラジルの革命的教育者、パウロ・フレイレは著名な『被抑圧者の教育学』の続編である『希望の教育学』の中で次のように表明している。「最小限の希望がなければ、私たちは闘いを始めることさえできない。しかし闘いがなければ希望は霧消して、その実りは失われ、希望のなさに変わってしまう。希望のなさは悲惨な絶望に変わりうる。だから、希望についてのある種の教育が必要なのだ[13]」。

闘うことに価値があるという信念の喪失、それが繰り返しやってくる絶望の正体だ。その喪失にはいろいろな由来がある。疲労困憊することや、共感の産物としての悲しみだけではなく、期待や分析に由来することもある。期待や分析はそれ自体が問題だ。一九九〇年代の〈路上を取り戻せ《リクレイム・ザ・ストリーツ》〉デモでは、アリス・ウォーカーの言葉を引いた「抵抗は喜びの秘密」という横断幕が掲げられていた。抵抗は、なによりもまず、自分自身を小さな征服されざる精神の共和国にするための信条であり、生き方である。何かの成果を希望しても、それに寄りかかってはいけない。歴史を繙けば、たとえば一九八九年のチェコスロヴァキアのビロード革命のような驚くべき成果は見つかる。この先にも成果は訪れるはずだが、それは予想の範囲を越えた暗闇の中にある。そしてフレイレが指摘するように、闘いはその過程において希望を生み出す。すべてがうまくいきそうになるまで待つために必要な時間は長すぎる。

この本は勝利と可能性のストーリーを語る。なぜなら、敗北と災厄については十分すぎるほど仔細に語られているからだ。この本はそれらへの反論や否定ではなく、それらと共生するものとして、あるいはもしかすれば、その圧倒的な重みへのささやかな釣り合いの錘としてある。過去半世紀、世界の状況は、物質的な面や、戦争の残虐性や生態系への打撃といった点では劇的に悪化してきた。しかし私たちは、莫大な数の、手に触れられないものも世界に加えてきた。かつては目にも見えず、考えられもしなかったものを表現し、現実のものにするためさまざまな権利、理念、考え方、言葉といったものだ。それらは息をする隙間をつくり、道具箱になる。その道具箱によって私たちは世界の悲惨に向きあうことができるし、実際にそうしてきた。それは希望の箱だ。

私は、ほとんど目を向けられることのない過去に光を当てたい。そこでは一人ひとりの力、武器をもたない人びとが途方もない力を発揮していた。そして二、三〇年の間に、世界や人びとの集合的な想像力が信じがたいほどのスケールで変化した。そこでは、未来の暗闇に向かう私たちに大胆さをあたえてくれるような、数々の驚くべき出来事があった。起こったことの重みを知ることは、この先に起こりうることを知ることでもある。「危機《エマージェンシー》」という言葉の中には「現われる《エマージ》」がある。危機から新しいものが姿を現わす。かつて確かだったものは急速に崩壊している。しかし危険と可能性は姉妹なのだ。

3　私たちが勝ち取ったもの

希望について書きたいと私を駆りたてたのは第一の絶望の波、つまり二〇〇三年春の空前の平和運動の季節につづいて訪れた絶望だった。絶望する者の頭にはただひとつの勝利、つまり、イラクにおける戦争の阻止という手中にできなかった勝利しかなかった。ブッシュ、ブレア両政権はバグダッド奪取が勝利を意味するかのように主張していたが、本当の戦争、つまりゲリラ的な抗戦や、長い間後をひく国際的な余波はそのときにはじまったのだった。二〇〇三年の秋には、サダム・フセイン政権が米英両国に、さらには世界に深刻な脅威をもたらしているとか、彼らが大量破壊兵器を隠しているといった話を認めなかった私たちの正しさが証明されていた。二〇〇四年の冬になると、いわゆる「有志連合」に参加して痛手を負っていた小さな国々はほとんど残っておらず、私たちは流砂に巻き込まれたようになって、そもそもそこに参加する意義があったと主張する者さえほとんどいなくなっていた。しかし、破壊された国土に生きるイラク人、そして私たちの占領軍に組みこまれたあわれな若者たちの双方が苛酷な状況で死に、あるいは生きているときに、正しさはたいした慰めにはならない。

だが同時に、二〇〇三年に壮大な規模で展開された平和運動が達成したいくつかの重要な成果に目を向ける必要がある。真相がわかることは決してないだろうが、ブッシュ政権が「衝撃と畏怖」を標榜するバグダッドへの集中爆撃を思いとどまったのは、世界の世論や社会不安としてもたらされる代償があまりにも高くつくと、私たちがはっきり示したからではないか。数百万の私たちが、数千、ことによると数万の人命を救ったのかもしれない。戦争をめぐる世界規模の論争が開戦を遅らせた数カ月間は、多くのイラク人が必需品を蓄え、疎開し、猛襲に備えるための時間稼ぎになったかもしれない。

アクティヴィストたちはだれの代表でもない、取るに足らない集団として描かれることが多いが、二〇〇二年の秋にはメディアに幾許かの変化があった。そのときから反戦活動家たちは、多様で正当な、社会を代表する勢力と見なされることが多くなった。これは私たちの表現のされ方や長期的な展望にとってひとつの勝利である。人びとの前で意見を述べたことも、街頭デモをしたことも、集団に加わったことも、政治家に手紙を書いたことも、運動にカンパしたこともなかった多数の人びとが行動した。数え切れない人びとが、かつてないほど政治に目覚めたのだ。これは、まさに満水となって変化の大河へ流れ込もうとする巨大な情熱の貯水池にほかならない。新しいネットワーク、共同体、ウェブサイト、メーリングリスト、収監者連帯グループ、連合が台頭し、今も私たちと共にある。

アメリカ本国ではテロの脅威を吹きこみ、海外では実際のテロを誘発しているように思えるいわゆる対テロ戦争の名のもとに、私たちは、隣人やお互いや見知らぬ者（とりわけ中東出身者、アラブ系、イスラム教徒、あるいはそう見える人びと）を怖れ、見張り、扉に鍵をかけ、自分たち自身を私有化するように促されていた。私たちはあらゆる他人といっしょになって、私たちの希望と抵抗とを公の場で生き抜くことによって、この恐怖の教理を克服した。私たちは互いに信頼した。私たちは、違いを越えて平和を愛する人びとに橋をかける共同体を築き、イラクの人びとへのコミットメントを示してきた。

私たちは指導者をもたない地球規模の運動を実現した。有能な代弁者、理論家、オーガナイザーたちはいた。しかし、みずからの命運を指導者に委ねているときには、その人はせいぜい、彼（ときには彼女）と同じくらいに強く、清廉で、創造的でいられるだけだ。口づてやインターネットや、教会や組合から、直接行動連帯グループまで多種多様な集いによってみずからを組織できる数百万の人びと以上に民主的なものがあるだろうか？　もちろん、これまでの数十年間には指導者のいない行動や運動が組織されてはきたが、これほど壮大な規模ではなかった。かってアフリカの作家ローレンス・ヴァン・デル・ポストは、私たちが追随者であることを止める時代になったがゆえに、新しい偉大な指導者は出現しないのだと語った。私たちはそれを確認しているのかもしれない。

私たちの多くは二者択一の思考を拒絶することができた。サダム・フセインを支持することなくイラクとの戦争に反対することができたし、戦争に反対しつつも戦っている兵士たちに心を寄せることができた。そしてアメリカの対外政策がしばしば陥る罠や、旧世代の急進主義者たちがときどき囚われていた落とし穴にはまることもなかった。つまり、敵の敵は味方で、悪に対抗するものは善としたり、国民と首領、将軍と兵隊の区別ができなくなるようなことだ。私たちはアメリカに反対したのでもイギリスに反対したのでもなく、イラクのバース党体制や反乱勢力を支持したのでもなかった。私たちは戦争に反対したのであり、私たちの多くは、場所を問わずあらゆる戦争、あらゆる大量破壊兵器、あらゆる暴力に反対していた。私たちはただ反戦の運動にとどまるものではないではない。私たちは平和運動なのだ。

平和運動やグローバル・ジャスティス運動が提起した問いが今では本流になっているが、主流メディアはその理由を語ることはないだろうし、場合によっては知りもしないだろう。アクティヴィストたちは、ブッシュ政権と癒着した戦争受益者としてベクテル、ハリバートン、シェブロン・テキサコ、ロッキード・マーティンなどの企業を標的とした。運動の成果は、事業所の封鎖だけではなく、彼らの企業活動を世に問うことによってもたらされた。直接行動は間接的に大きな力を発揮している。いまではメディアがかつてないほどの厳しい目でその種の企業を詮索しているし、彼らの名前もよく知られるようになった。

ゲイリー・ヤングが『ガーディアン』紙に書いている。

反戦運動が、ドイツでゲアハルト・シュレーダー首相の再選に寄与し、民主党予備選挙の重心を進歩派寄りに動かした。政治指導者には、地縁だけでなくイデオロギーの支持母体も必要だ。過去二年間にわたり、左翼はアメリカの覇権にあえて異議を唱えた政治家を支持する強固な基盤を築いてきた。たしかに、これによってイラク人の命が救われたわけではない。だが、ブッシュとブレアの支持率が急落しているところをみると、イラクや北朝鮮の人びとをはじめ、彼らが爆撃によって救おうを考えている人びとを、むしろ守ることにはなるのかもしれない。[14]

カナダとメキシコさえもが、まるで北米大陸の中心を外交的な離島にしてしまうかのようにアメリカから距離をおいた。トルコ政府は、公然かつ莫大な規模で買収されていたにもかかわらず、無数のトルコ市民の訴えによって、イラクへの侵略者がトルコを前哨基地として使うことを拒絶した。その他の多くの国も、戦略的な利点ではなく、人びとの意見にもとづいた立場をとるようになった。私たちが直面した戦争は、すべての人びとの黙認を得られるような戦争ではなかったのだ。

こうした勝利のどれひとつとして、戦争を阻止できていた場合の勝利とは比べられないだろう。だが、実際に開戦が撤回されていたとしても、ブッシュ、ブレア両政権は、世論や国際社会からの圧力とはまったく関係のない理由を雄弁に語ってみせたはずだし、おおかたの人たちは、自分たちにはなんの影響力もないと信じたままだっただろう。政府やメディアはアクティヴィストの影響を無視するのが常だが、私たちの側が彼らを信じたり、私たちの勝利の判定を彼らにまかせる理由はない。アクティヴィストたちは効果を上げるために、ときには強烈でシンプルで切迫した要求を掲げねばならないことがある。プラカードやステッカーにピッタリで、街頭の大群衆が声を揃えて叫びやすいものだ。同時に、自分たちの勝利は、むしろ目につきにくく、複雑で、ゆっくりとした変化としてやってくるかもしれないということを認め、いずれにしてもそれを勝利に数えなければならない。逆説を受け容れる才能は、アクティヴィストのとりわけ重要な素質なのだ。

勘定に値する勝利がもうひとつある。二〇〇三年二月一五日には、南極マクマード基地の科学者たちを含む一二〇〇万とも三〇〇〇万ともいわれる人びとがあらゆる大陸でデモ行進したが、メディアはこの世界的な平和運動のスケールとその広がりをひど《ママ》く小さな扱いで報道しただけだった。バルセロナで行われた一〇〇万人デモも素敵だったが、ノースカロライナ州チャペルヒルで数千人規模のデモがあり、ニューメキシコ州ラスベガスという名の小さな町では一五〇人が徹夜の平和集会を開き、ボリビア、タイ、それにカナダ北部のイヌイット領のもっと小さな町や村でも住民たちが反戦の意志を表明していたと聞いている。ジョージ・W・ブッシュは、自分は分断ではなく団結をもたらすのだとアピールしたが、たしかに米英両政府への反対によって全世界をほとんど団結させた。世界中の数千万の人びとが、前代未聞のなにか、新しい時代の到来を告げるひとつの決裂を形にした。彼らこそが、未来への希望をもつひとつの理由なのだ。

4　偽りの希望と安易な絶望

エルンスト・ブロッホは『希望の原理』の中で「欺瞞的な希望は人類に最大の悪を為し、力を奪うもののひとつであり、具体的な真の希望はもっとも真摯に善を為すものである」[15]と述べ、「知識にもとづく不満足も希望に属している。なぜなら、いずれも欠乏に対する拒否から生まれるのだから」と述べている。先ごろのアメリカ大統領選挙について考えるとき思い出されるのは、ブッシュがいつも偽りの希望を利用していたことだ。私たちはイラク戦争で勝利するだろうとか、彼の戦争はアメリカ市民と世界を安全にしてきたとか、国内経済は良好だとか（そして環境問題は議論の必要さえないとか）。こうした主張について「希望」という言葉を使うのは間違っているかもしれない。それは別の世界の可能性ではなく、別の世界は不必要であり、すべてはうまくいっている、だから安心して眠っていなさいという話だからだ。こうした語り口は大衆を黙らせて力を奪い、私たちを孤立させ、家の中に閉じ込め、無力感に陥らせることを目論んでいる。それはもっと直接的な圧制が恐怖によって市民を孤立へ追い込むのと同じことだ。

ブッシュ政権は恐怖も活用した。ただし興味深いことに、冷戦時代の核の恐怖をはじめ、一九八〇年代には犯罪、最近では（テロが合理的なリスクである限りで）テロリズムの標的としてさまざまな危機に直面してきたはずの都市の住民は、その恐怖をさほど感じていなかった。そのかわり、その恐怖にもっとも脆弱だったのは郊外や、都会から離れた土地、つまり犯罪も少なく、戦争やテロの標的から離れた土地で、すでに孤立していた人びとだった。その恐怖は偽りではないとしても場違いに思えた。つまり恐怖はリアルだが、想定される主体が間違っている。その意味では無害な恐怖ともいえる。なぜなら恐怖の真の由来を認識することは、それ自体恐しいこと、ラディカルな問いや根底的な変化を要求することかもしれないからだ。私の思うところ、そうやって偽りの希望と偽りの恐怖が巧妙なアメとムチとなり、民主主義という野獣は自分自身の終焉へと誘導されている。

ブッシュは支持者に、世界のリアルな問題について目をつぶるように促した。左派はしばしばその逆を実践して、問題を凝視するあまりその先に何があるのか見えなくなっている。その結果、世界は偽りの希望と謂われのない絶望に分断されたように見えることになる。絶望は私たちに多くを要求しない。絶望はより予測が容易で、悲しむべきことに、安全である。本物の希望は明晰さと想像力を要求する。この世界の問題を見つめる明晰さと、その状況の背後に、不可避でも不変でもないものがある可能性を見出す想像力だ。

左翼の絶望には数多くの原因があり、数多くのヴァリエーションがある。公式のものを裏返しにすれば十分だと考えている者がいる。王様は裸だ、と叫ぶことは反権威主義的なふるまいとしては悪くはない。しかし、あらゆるものが例外なく破滅に向かっている、という主張はオルタナティヴなヴィジョンではなく、「すべてが順調」というメインストリームの言説を裏返しただけである。その場合は、失敗や疎外にも害はない。アメリカを牛耳っている保守主義者が、自分たちは攻撃され除け者にされている、と主張するのを目にすることがあるだろう。そうすれば、彼らは現在の状況についての自分たちの責任を否定し、彼らが手にしている変化を起こす力を否定できるからだ。そして脅威に曝されているという感覚によって団結できるからだ。それと同じように、自分の力と責任を否定するアクティヴィストは責務の感覚から逃れることを選んでいる。自分たちが避けがたく敗北する運命だとすれば、自分たちを美しい敗者か、せいぜい実直な敗者の立場におく以外にやらねばならぬことはない。

世の中には言葉巧みに理屈を売り歩く人間がいる。彼らは自分と対立している陣営に、決して揺らぐことがなく、転覆されることもない超人的な能力を授けてしまう。するると、執拗な敵に取り憑かれているように見えても、実はその敵の一部は彼ら自身の強固なファンタジーの産物なのだ。世の中には、絶望することが抑圧されている者との連帯だと思っている者がいる。しかし、抑圧されている者は、あえてそんなふうに自分たちを見ることは望んでいないだろう。彼らには犠牲を強いられる前の生活があり、それを取り戻すことを望んでいるかもしれないのだ。憂鬱を与えられても大して得るものはない。そして世の中には、個人に由来する絶望を政治の分析に投影する者がいる。しばしばそれはノスタルジーと一体だ。つまり、ありもしなかった時代か、ほかの者には悲惨だった時代、あるいは今は壊れてしまったものがすべて完全だったと思える場所へのノスタルジーだ。それは内省を迂回するひとつの方法にすぎない。

憂鬱でいることのもうひとつの動機はスタンドプレーだ。どちらかといえば、凶報を伝える者には銃口は向けられず、むしろある種の権威が与えられる。その権威はよりよい報せとか、あるいはもっとややこしい報せを伝える者には与えられない類のものだ。教会の説教壇では、地獄の業火とか世に迫る破滅といった話がいつでも大成功を収めてきた。いつでも、見慣れない、曲がりくねった道の先にやってくる未来より、世界の破滅のほうが想像しやすいのだ。そして業火にかこつけていえば、燃え尽きてしまうものもある。それは何かを試みた者を襲う本当の疲労困憊のことだ――ただし、はじめから不満足とか敗北が必定の試みの場合もある（そして内紛についてはいうに及ばず、その他さまざまな左翼的絶望に取り囲まれて燃え尽きることもある）。

ときとして憂鬱な世界観への肩入れはコミカルですらある。一九六〇年代以来、人びとは「人口爆発」を心配してきた。資源や健康の問題を別とすれば世界の人口は増えつづけるだろうというマルサス的な人口理論である。一九九〇年代のいつごろからか、世界のあちこちで出生率の低下が確認され、世界の人口は（執筆時点の推算では二〇二五年頃を頂点にして）頭打ちになり、その後は減少に転じることがはっきりしてきた。日本、カナダ、オーストラリア、ヨーロッパ、ロシアなど資源消費の上位を占める先進各国ではすでに下降局面にある。人口の減少は、昔ながらの問題がひとつ自然に解決したものとして（あるいは女性の性と生殖の権利の広がりを含む社会の変化として）祝福されるのではなく、切迫した新たな危機として語られることが多い。つまり状況が完全に変化したのに、流れている曲はずっと同じだった。

生き残りが焦点になると、人は樹々の枝ぶりの美しさを味わう前に、その中にいる虎を気にするよう仕向けられる。目の前で自分に対して怒り狂っている者が一人いれば、愛してくれる八九人よりも多くの注意がそちらへ引き寄せられる。問題とは私たちが取り組むものである。私たちは生き延びるため、あるいは世界をよりよくするために問題に取り組む。だから問題に向きあうことはそれを避けたり、隠したり、否定するよりはましだ。問題に向きあうことは希望の行動になりうる。ただしそれは、それだけがすべてではないことを忘れない限りにおいての話だ。

希望は扉ではない。希望は、現在の問題から抜け出す道が見つかりもせず、まだ踏み出しもしていないときに、その道へ通じる扉がどこかにあるかもしれないという感覚である。時として急進派はドアを探すのではなく壁を罵倒することに甘んじる。壁があまりに大きく、頑丈で、のっぺらぼうで、蝶番もドアノブも鍵穴もないことを非難したり、次の壁を求めて重い足取りでドアをくぐったりする。エルンスト・ブロッホは、希望は挫折ではなく成功こそを愛していると付け加えているが、左翼に顕著な諸々の要素についてそれが真といえるか、私は確信がもてない。大勢の左派が語り方を熟知しているストーリーは支配的文化のストーリーの裏面ばかりで、ニュースにならない類のストーリーには陽が当たらない。ニュースにはすべて突発性や暴力性や悲惨さを偏重するバイアスがかかっていて、大きなうねり、大規模な変化、しばしばオルタナティヴとして表出する人びとの力は見過ごされている。そこには、時の権力が真実のすべてを語らないだけではなく、ニュースが伝える真実もまた不完全だという陰鬱な前提がある。彼らは純粋な凶報こそが真実なのだと思い込み、その伝達者を自任して何度も何度も繰り返し報じる。そうするうちに、彼らは世に出てくるあらゆるストーリーについて、つまり明白な勝利についても悪い面を見るようになり、お互いにも同じ目線を向けるようになる。この種の作業は、一部の人間に駐車違反の取り締まり係とか木っ端役人の心性を与えてしまうようにも思える（もちろん、これは仮想敵をもつアクティヴィズムが「敵」に執着しがちで、資金集めや動員のために人騒がせな言説に頼りがちな傾向にも関係がある。このことは何人かの環境保護論者が教えてくれた）。

凶報を唱える人びとが敗北に惚れてしまったようにに思えることもある。なぜなら、破滅が来ると言いつづけていれば、実際に破滅が到来することは自分の正しさの心強い裏付けになるからだ。彼らは悪しき事態を我が事として認め、それに誇りさえ感じる。怪物や残酷なものが、自分の大切な主張を立証してくれるというわけだ。ただし、それは一人ひとりのやり方の問題でもあって、私には、こうした陰鬱さはイデオロギーより心理学の対象に思える。アクティヴィズムの中には成果を得ることよりアイデンティティの強化が主眼となっていて、左翼こそがピューリタンの真の末裔だと思わせるものがある。何がピューリタン的かといえば、結果の実現より自らの有徳さの誇示が主眼になっているところだ。ピューリタン的心性のもっともしぶとい部分は物事を非難することの陰気な愉楽と、拒まれた愉楽にむすびついた個人的優越感である。高みに立つ彼らにコントラストをつけるための背景として、荒れ果てた世界が必要になるわけだ。

絶望や凶報や陰鬱さは語り手が装うアイデンティティを強化する。つまりファクトに向き合えるくらいタフである、と思わせてくれる。少なくとも一部のファクトについてはそうかもしれない（そうでないファクトは闇に留まりつづける）。その成果ははっきりしないことが多いが、なぜか衰退や凋落の物語は、希望に満ちた物語が持ちえない権威性を帯びる。仏教者は時に、希望とは特別な成果や筋書きや充足への執着なのだと非難する。しかし、そんなことのもっと先にはまったく別種の希望がある。それは、自分にはいくばくか世界を変える力がある、あるいは単に世界はまた変わるという希望だ。その希望の礎となるのは不確かさと不安定さだ。

壁は閉じ込められていることを正当化してくれる。扉は通り抜けることを求める。希望をもつことにはリスクがある。それはけっきょく信頼の一形式にすぎないからだ。未知、可能性、場合によっては不連続性への信頼だ。希望をもつことは違う役割を、失望や裏切りの危険を引き受ける役割を演じることだ。近年にもいくつもの大きな失望があった。以前には、陰鬱な物語はただひとつの物語が信じられていることに由来しているように思えていた。すべてのことが一方方向に向かっていて、どうみてもすべてが順調ではない、ならばすべてが駄目に決まっているという考え方だ。「民主主義が危機に瀕している」、名のあるアクティヴィストは開口一番そう口にする。それは真実だ。しかし民主主義が、草の根の運動を通じて世界中に新しい大輪の花を咲かせつつあることもまた真実だ。

重要なのは、壁を糾弾する声を上げること、その取りつく島のない頑迷さを告発することだ。病を治療するためには診断を下さねばならない。診断を下す前に処方箋を知る必要はない。つまり悪い報せを語ることは、時が来たときにその報せが過去のものとなるか、あるいは世界が変わる限りにおいて、ひとつのギフトに、希望への一歩になりうるのだが、私たちはその先を見通し、それ以外のものを見渡せなければならないのだ。

アクティヴィズムを欠いた政治的意識とは、破壊の惨状を見つめていること、その中心にまっすぐ向き合っていることを意味する。アクティヴィズムはそれ自体が希望を生み出すことができる。なぜなら、それは最初から別のやり方であり、中心の腐敗から周縁や自分の傍らへ、そこにある大胆な可能性や英雄たちに目を向け直しているからだ。こうした希望についての考え方は、進歩主義者と見なされている一部の者、すでに何らかの地位を確立している者をひどく狼狽させる。単純に、これは彼らのストーリーではないということか、あるいは彼らに対して絶望が求めないものを希望は要求するということだろう。彼らは勝利や可能性のストーリーは哀れみを欠いていると考えることがある。全員が享受するまでだれも喜んだり満たされたりするべきではない、という考え方もまたピューリタン的心性の遺産といえる。この考え方は、強いられる欠乏ゆえに謹厳ともいえるし、普遍的なユートピアの到来を待つ点で荒唐無稽ともいえる。喜びはどこにでも忍びこむし、潤沢なものは求められずとも流れ下ってゆく。一世紀ほど昔、偉大な人権活動家でアイルランドの独立活動家でもあるロジャー・ケースメントは、南米プトゥマヨの熱帯雨林で起こった恐ろしい虐待とジェノサイドを調査し、その終結のために運動した。その重苦しい作業とは裏腹に、彼の日記には、その地方の美しい男たちを愛でたり、極彩色の蝶を追いかけたりする時間があったことが明かされている。喜びはアクティヴィズムを裏切ることはなく、むしろ持続させる。そして人に恐怖や疎外や孤立を強いる政治に直面するとき、喜びは素晴らしい反抗の最初の一歩になる。

5　影の歴史

世界を劇場としてイメージしよう。舞台の中心を占めているのは権力者や公《おおやけ》のお芝居だ。伝統的な「歴史」として語られるお話。かわり映えのしないニュース発信者に促されるままに、私たちの視線はその舞台に釘付けになっている。まぶしいスポットライトのせいで周りの暗がりはまったく見えない。客席の人と目をあわせることも難しい。客席を抜け出して、廊下に出て、舞台裏や劇場の外へ、暗闇の中へ、そんな別の力が蠢いている場所へ辿りつく道も見えない。世界の命運の大部分は舞台の上で、スポットライトの中で決定される。舞台の役者たちは、そこにあるものがすべて、ほかの場所はないと語りかけている。

細部や結末がどうであれ、舞台で演じられているのは悲劇だ。権力の不公正な配分という悲劇。芝居の代償を払い、観客であることに甘んじている者の沈黙というありふれた悲劇。代表民主制は、観客が役者を選び、役者は私たちを文字通り代弁するという考えにもとづいている。現実には、いろいろな理由で選択に参加できずにいる人びとが少なくない。別の力、たとえば金銭が選択を捻じ曲げることもある。そして舞台上では、あまりに多くの役者があれこれと理由を見つけては――ロビー活動とか自分の利害とか迎合とか――有権者の代表になりそこねている。

舞台の外で政治的な力が発揮されていたり、上演中のドラマの中身の書き換えが起こっている場所、そんな創意にあふれる領域に目を向けよう。世界を変えるストーリーが生まれているのは、無視するように促されてきた場所、あるいは見えないものとして扱われてきた場所だ。そこでは文化が政治を動かす力をもち、普通の人びとが世界を変える力をもっている。そして路上が舞台になったり、非公認の登場人物が舞台に上がってお芝居の邪魔をするとき、舞台の上の役者は当惑し、狼狽した表情を見せる。

ブッシュ、ブレアの両政権がバグダッドへの空爆を開始する一、二カ月ほど前、ジョナサン・シェルは『征服しえぬ世界――権力、非暴力、人びとの意志』という本を著した。この本は変化と権力に関する新しい考え方を説得力豊かに唱えている。その要点のひとつに、革命で意味をもつ変化はまず想像力に生じるという洞察がある。歴史の記述はたいてい行動が起こされた時点を採り上げるが、シェルが引くのは、アメリカ独立革命は「人びとの内面や各植民地の団結の中に胚胎され、そのいずれも、対立がはじまる前には成就していた[16]」というジョン・アダムズの言葉だ。トマス・ジェファソンはそれを、「一七六〇年から一七七五年の一五年間のうちに、すなわちレキシントンで最初の血が流れる前に達成されていた」と総括する。

これが意味するのは、いうまでもなく、もっとも根底的な変化、あらゆる変化の源になる変化はその軌跡をたどるのが非常に難しいということだ。そして、政治は、考え方の広がりや想像力の形成から立ち上がるということ。象徴的、文化的な行為には現実的な政治力があること。そして、意味のある変化は舞台上の行為として起こるだけではなく、いつもただの観客や傍観者と見なされている人びとの精神においても起こること。重要なのは想像力の中で起こる革命であり、多種多様な変化はその後に現れる。その変化には少しずつひそかに進行するものもあれば、ドラマチックに、対立を引き起こしながら出現するものもある。つまり革命は必ずしも革命のように見えるとは限らないということだ。

シェルは、アメリカがヴェトナム戦争において圧倒的な軍事的優勢にもかかわらず敗北した経緯について述べている。アメリカはヴェトナムの人びとを征することができず、終いに自信を喪失して自国民の支持も失った。「政治的に積極的でアクティヴな人びとの新しい世界では、決め手となるのは力そのものではなく人びととの集合的な意志である」[17]。別の言葉でいえば、信念は暴力よりも大きな効力をもちうる。暴力が国家の力ならば、想像力と非暴力は市民社会の力である。

シェルは、二〇世紀を通じて、非暴力は戦争や暴力に対抗する世界の大きな力に成長し、それにともなって一般市民も大きな力をもつようになったと述べている。彼の主張はイラク戦争開戦の喝采の中で嘲笑されたが、戦争の泥沼化と世界中からの反戦論によってむしろ補強された。ガンジーのインドやキング牧師の南部でもない、だれも気づかないような場所に非暴力の盛り上がりを見出し、その役割の重要さを認めるシェルの議論は途方もなく希望に満ちたものだ（非暴力直接行動が成功を収めた最近の出来事には、ベオグラードの学生たちが街頭で粘りづよい直接行動を展開して、ミロシェヴィッチ政権の打倒という、国際世界が為し得なかった成果を挙げた例がある。ボリビアでは先住民が大半を占める農民たちが大統領を退陣に追い込んだ。プエルトリコの人びとはビエケス島からアメリカ海軍を排除した。メキシコでは年金やエネルギーの民有化に対抗する大規模な街頭デモが展開された)。これは私たちに世界をつくり出す力があることを改めて気づかせる。シェルはこう続けている。

個々人の気持ちや心は変わる。変化した者はお互いに気がつくようになる。勇敢さは感染してさらに多くの者を勇敢にする。「不可能」が可能になる。それは一瞬で起こり、敵対者と同じくらいに、それを実現した者をも驚かせる。そして不意に、思考のような敏捷さで――考え方の変化こそがすべての過程の原動力だった――直前まで圧倒的に見えていた旧体制は蜃気楼のように掻き消える。[18]

最近では希望について書かれた文章が少しずつ増えている。一七八五年の時点では、イギリスで奴隷制について考えている者は、奴隷と元奴隷と少数のクエーカー教徒と情け深い福音派を除けば、だれもいなかった。アダム・ホックシールドは、二〇〇五年の著作『鎖を埋める』の中で、一〇人あまりの最初の運動家たちがロンドンのジョージ・ヤード二番地、今でいえば地下鉄バンク駅からほど近い印刷工場に集まることになった経緯を書いている。[19] そこに集まった、希望をもつわずかな人数から生まれた運動が、半世紀後に大英帝国から奴隷制を廃絶した。さらに四半世紀後にはアメリカの奴隷制廃止運動を触発し、やがて奴隷制を終わらせた。このストーリーのひとつの側面は、わずかな数の鍵となる人びとがもっていた想像力と決意の物語だ。他方でこれは、そこから利潤を得ていた権力者の擁護にもかかわらず、多くの人びとが奴隷制は容認しがたい非道であり廃絶すべきだと考えるようになった、その人びとの心の変容の物語でもある。決定の多くがロンドンで行われたことを思えば、人びとの心を変えたのは、議論や説教や出版物や配布物や対話、すなわちストーリーだった（海外からの報告や奴隷の反乱がその後押しをした）。非道な所業はおよそ観客に見えないところで起きていた。奴隷制廃止を唱え、その運動を勝利に導くために必要だったのは想像力と共感と情報だった。その五〇年の間に、奴隷制反対の気運は急進的な主張から、ただの現状追認にまで変化した。

私たちの時代には、ストーリーはもっと速く展開する。同性愛が犯罪や精神病の扱いから、ごく普通の日常の多様さの一部に変わるまで、四〇年もかからなかった。もちろんバックラッシュはあるが、どれほど激しいバックラッシュも時計の針を戻せはしないし、魔神をランプの中に戻すことはできない。世論調査によればホモフォビアは若者より年長者に多く、世代を経るにつれて社会は徐々にそれを振り払ってゆくだろうし、実際にそうしつつある。奴隷制についての考え方と同じように、その変化はゆっくりと少しずつ進むものであり、その進捗は裁判の判決や世論調査といったものでしか測ることができない。しかしその変化は天気の変化のように自然に起こったものではなく、実現されたものだ。実現したのは、アクティヴィストや、別のセクシュアリティや家族のあり方を体現してみせた芸術家や文筆家やコメディアンや映画作家や、あの数々のパレードを企画し、あるいはそこに参加した者や、ゲイやレズビアンであることを隠すことなく家族やコミュニティの中で生きる、数え切れないほどのごく普通の人びとや、自分自信の恐怖や憎悪を振り払った人びとだった。同じように、障害者の生と権利についてもまず人びとの考え方に変化が起き、それがアクティヴィズムへとつながり、やがて関連する法律が改正され、状況を抜本的に変えた。

変化を導くのは法的な決定である、そうあなたは教えられてきたかもしれない。判事や立法者が、法廷と呼ばれるあの劇場で文化を導いているのだ、と。しかし彼らはただ変化を追認しているだけだ。そこはおよそ変化の開始地点となることのない、終着点になるだけの場所だ。なぜなら、多くの変化は周縁から中心に向かって進むからだ（一八世紀末の英国議会で断固として奴隷制廃止の立法を唱えた者はひとりだった。現在の戦争については英米の議会にそれぞれ――後者にはわずかな数の――反対者がいるが、議場の外の反対の声はそれよりはるかに大きい）。舞台にいる人物はお芝居の役者、あるいは操り人形だといってもいい。なぜなら、台本のほとんどはどこか見えないところで企業やエリートたちが書いているからだ。しかし、人びとの良心を動かして現状を変えようとする人びとの運動によって書かれるものもある。ラディカルな力はそうした忘れられた場所にこそ潜んでいる。そんな場所や、中心へ向かう曲がりくねった道の途上で、新しい理念は見慣れたものになり、舞台の役者を動かす台本に変わる。役者たちはそれを自分たちが書いたと思い込んでいる。（通説によると、スターリンはあるとき「理念は銃よりはるかに危険だ。敵に銃は持たせないのに、理念を抱かせておく理由があるか？」と言ったそうだ。）

こうしたストーリーや信念はどうやって周縁から中心へ進むのだろうか。ストーリーの食物連鎖とか拡散のパターンのようなものがあるのだろうか。ストーリーはウイルスのように広がると考えるべきなのか、あるいは、生物種の進化のように別の場所では別の姿に変わると考えるべきなのか。ストーリーは火のように燃えひろがる、というい い方もできるかもしれない。ただし火が燃えさかるのはおそらく最終局面であって、ストーリーはだれも見ていないうちに忍び込んでくるものだ。路上にたむろする貧しい非白人の若者がファッションの流行を生み出すように、新しいストーリーは周縁的な場所ではじまることが多い。夢想家、急進主義者、無名の研究者、若者、貧者――つまり軽んじられている人びとこそが重要なのだ。中心への道筋が議論されることはほんどないし、探索されることも滅多にない。それは、あまりに中央の舞台ばかりが注目されているからでもある。

端の方に追いやられることは、取るに足らぬ存在として扱われることである。中心へ戻ろうとする努力はしばしば中傷されたり犯罪扱いされたりする。端は文字通りの意味で周縁、つまり余白《マージン》なのだが、危険な場所、悪しき場所とも見なされている。最近で私がいちばん衝撃を受けたのは、スコットランドの警察署での出来事だった。財布の紛失を届けに行った際に、しばらく指名手配犯のポスターを眺めている時間があった。強姦犯や殺人者ではなく、ピアスをして派手な髪型をした若者たちの写真だ。

彼らは〈反資本カーニヴァル《カーニヴァル・アゲンスト・キャピタル》〉デモをはじめとした、日常は攪乱されるが怪我人はでない騒ぎの参加者だった。彼らは国家の重大な脅威となる犯罪者だったのだろうか？だとすれば国家は脆弱で、私たちには力があったということではないか。

最近、私は人びとが恐怖を転嫁しやすい対象という意味で「無難な危険」という言葉を使うようになった。恐怖の本当の中身は不穏で動揺させられるものかもしれないので、人びとは「無難な危険」にそれを転嫁する。アメリカでは、ブッシュ政権や主流のメディア、そして多くの首長や警察署長が、合衆国憲法修正第一条が保証する言論と集会の自由を行使し、ガンジーやキング牧師と同じ非暴力の戦術を用いるアクティヴィストを、爆弾魔とか酸攻撃をする者とか警官襲撃者と同じテロリストのように表現してきた。ほかの国の政府——とりわけ、前記のような手配犯ポスターを作り、〈一九九四年刑事司法及び公共秩序法〉を制定したイギリス政府——も同じことをしてきた。彼らは、無意識的にせよ、街頭のアクティヴィストがもたらしうる危険をあえて誤解している。公民権活動家や女性参政権論者や奴隷制廃止論者を訴追してきたのと同じことだ。こうした人びとが体制への脅威であると認めることは、第一には体制の現状の自覚があり、第二にはそれが不公正なもの、あるいは正当化しえないものである可能性を認識しており、第三には情熱ある人びとが非暴力の手段によってそれを変更しうると認めることである。つまりこれを認めることは、国家権力とその正当性の限界を認めることだ。だからアクティヴィストは取るに足らぬ存在として扱うに越したことはない。彼らは逸脱した暴徒であり、凶悪犯と同じ危ない存在として扱ったほうがいい。体制への本当の脅威はそうやって新たな「無難な危険」へつくり変えられる。そうやって周縁の力と正当性は否定される。しかしあなたは、そんなスポットライトの中の人物による否定を信じる必要はない。

私はかつてそれを信じていた。かつて手が届かない彼方に思えたことが実現していると思うと、周縁を軽んじていた自分が恥ずかしく感じる。たとえば一五年くらい前、反アパルトヘイト運動の一貫として大学のキャンパスに立ち上げられた掘っ建て小屋を見て、内心で馬鹿にしていた時のことだ。それほどに遠い場所のこと、確立されてしまったことに抗議の声を上げるのは無駄に思えた。ところが、やがて制裁として南アフリカとビジネスをしている企業からの大学資金の引き揚げ《ダイヴェストメント》が大々的に行われるようになり、一連の制裁はアパルトヘイトの終焉をもたらした。先の方に見えているときにはありえないことに思えても、過去になってしまえば必然に思える。一九〇〇年には、女性が投票権をもつべきという考えは革命的なものだった。今、私たちに投票権は要らないという考えはどうかしていると思えるだろう。しかし過去を振り返って、権力の館〔バッキンガム宮殿のこと〕の柵に自らを鎖で繋ぎ、ボンド街の窓を打ち壊し、何カ月も獄に繋がれ、強制摂食やメディアによる悪魔化を耐えた婦人参政権論者に謝罪する者はだれもいなかった。

同じことを、ペンシルベニアのいくつかの郡区で企業法人格を廃止する試みがあるという素晴しい話を読んでいるときにも思った。アメリカの企業に危険で非民主的な権限を与えている法的地位のことだ。これもまた中心へ進んでゆくアイデアのひとつかもしれないと感じられた。それから一〇年のうちに、タイム誌は民主主義から企業独裁のようになりつつある体制の変化に疑問を唱え、ニューヨークタイムズ紙は企業の覇権の源となっている法的基盤の再考に言及するようになっている。しかし彼らは、一群の急進的な大学教授や、見すぼらしい身なりで街頭の反資本主義運動に参加し、主張の先進性ゆえに催涙ガスに見舞われていたアクティヴィストに感謝することはないだろう。議会上院や全国テレビのニュースで、だれかが「私たちが高みにいて何も見ていなかったとき、あの変わり者たちは雑草の隙間から未来を見通していたのだ」

と発言する瞬間は永遠に訪れないだろう。そのかわりに、企業法人格の危険性は常識となり、だれもが知っていた話になるだろう。つまり、ストーリーはひそかに前に進む。いま私たちが信じていることは単なる常識で、だれもが前から知っていたことに過ぎないと思い込むことは、面目を保つひとつの方便だ。それはストーリーとその語り手の力、周縁の力、変化へのポテンシャルを忘れる方便でもある。

三〇年前にエドワード・アビーが『爆破――モンキーレンチギャング』という小説を書いた。その主人公はグレンキャニオン・ダムという、グランドキャニオンの上流の砂漠でコロラド川の水量を絞っているダムを爆破する。当時、ダムを撤去するというアイデアは常識外れだったが、この小説は急進的な環境保護団体〈アース・ファースト!〉が生まれるひとつのきっかけになった。一九八一年に、この団体はまさにそのダムの擁壁に、深々と走る亀裂を模した長さ三〇〇フィートのプラスチックシートを垂らして存在をアピールしてみせた。もはやそのダムはかつてほど永続的で不変のものとは思えなくなった。

このダムは一九五六年から一九六三年にかけて論争の中で建設されたものだが、最近ではこれを撤去するアイデアが、合理的で検討の余地があるものと考えられるようになってきている（地球温暖化や長期の旱魃のせいで、ダムの貯水レベルが三七パーセントに減っていることもこの議論を後押ししている）。アメリカではすでに一四五を超える小規模ダムが解体されたし、ヨーロッパでもダムの撤去が行われてきた。すでに新しい時代への移行は静かにはじまっていたのだ。中国やインドにおける超巨大ダムの新造は、もう過ぎ去りつつある、あるいは過ぎ去ってしまった時代に追いつこうとする官僚的な努力にすぎない。

グレンキャニオン・ダムの解体というアイデアがどのように支持を得ていったか、というストーリーは私の友人のチップ・ウォードが著作『希望の地平』の中でたどっている話のひとつである。[20] 仮に現実のものになれば、そのアイデアはずっと良案だったということになり、最初にその信念を抱いた者は忘れられてゆく。なぜなら彼らは奇人であり、過激派であり、非現実的な空想家だったからだ。中心にいる者はだれも、現代からすれば劣悪な科学とエンジニアリングの産物に映るものを支持していた時代を思い出すことはないだろう。人種差別や人種間の婚姻禁止を支持していた時代を記憶する者がほとんどいないのと同じことだ。彼らの記憶喪失は、社会の中で自らの正当性を自覚するために必要なものなのだ。その社会が常に変化しつづけていることも彼らは認めようとしないだろう。

ある時、チップはこんなことを書き送ってきた。

アクティヴィストとして気をつけてきたのは、何かのネタが物議を醸しそうだったり、権力者を不安にさせるようなものだった場合は、まずは若いジャーナリストの手を借りて反応を確かめた方がいいということ。オルタナティヴな、際どい論調の週刊誌に書いてくれるようなジャーナリストだ。その次はラジオ局などの食物連鎖《フードチエーン》の上にステップアップする。ネタが表沙汰になり、その間にこちらの準備もやり、だれも訴えられないことがわかったら、名のある新聞の記者に書いてもらうかテレビの取材を受ける。そんなことをする理由のひとつは、新聞の記者が説得しなければいけないデスクの連中は臆病で、広告出稿を気にしたり、ゴルフ仲間のビジネスパートナーが記事で批判されることを警戒する経営サイドの顔色を見たりしているからだ。[21]

このプロセスはたしかに食物連鎖に似ている。ただしチップによればテレビは非主流メディアが排泄したものを食うわけだから、逆向きの食物連鎖というべきか。

ところで、ユタに移り住んだチップはその州でもっともパワフルな環境保護アクティヴィストのひとりになったのだが、そのきっかけは彼の義理の兄弟が『砂の楽園』というこれまたエドワード・アビーの著作を読んでユタに移住し、赤い岩の峡谷がどれほど素晴らしいものかをチップに伝えたことだった。つまり、エドワード・アビー本人はそれほどアクティヴィズムとは縁がなかったのだが（そして人種や移民についてはかなり馬鹿げた考えの持ち主だったが）、現代のもっとも果敢なアクティヴィストたちを生むことには大きな役割を果たしたということになる。

アビーにインスパイアされて結成されたグループは、後にイギリスに〈アース・ファースト！〉の分派が生まれるきっかけになり、これは一九九〇年代半ばの反道路建設運動の強力な推進役となった。おそらく、これは近年のイギリスでもっとも成功した直接行動キャンペーンであり、五〇〇件を越える道路計画が撤回された。そして反道路建設運動から〈路上を取り戻せ《リクレイム・ザ・ストリーツ》〉が派生した。この運動を契機に生み出された多様でクリエイティブな戦術や方針を糧として、一九九〇年代末の北半球各国では企業グローバリズムに対抗する運動が起こり、アクティヴィズムの様相は一変した。アビーの著作だけがこうした変化の種となったわけではない。単に、彼の著作はそれほど影に埋もれてしまっていないので、その影響をたどることができるだけだ。彼の本の先にも、変化の源になった無数の存在がある。

ストーリーは影からスポットライトのあたる場所へ進む。ステージで上演されているのは私たちの無力さのドラマだが、影は私たちの力の秘密を教えてくれる。この本は影の歴史、希望の息づく暗闇の歴史だ。ここからは、あれこれの選挙とか戦争ではなく、影から生まれ、この千年紀《ミレニアム》の到来を告げたいくつもの驚きを語ることによって、現在につながる歴史をもう一度はじめからたどり直してみたい。

6　千年紀の到来――一九八九年一一月九日

私は、ベルリンの壁が築かれた夏、アメリカ合衆国とソヴィエト連邦のあいだの冷戦が影を落とす世界のなかへ誕生した。当時、多くの人は、核戦争が差し迫っており、戦争の勃発は世界の終末を意味すると覚悟していた。いつの時代でも、人は世界の終わりを想像することに長けている。そのほうが、終わりのない世界が脇道へそれたりしながら変化していく光景を思い描くよりも、ずっとたやすいからだ。六〇年代はじめ、国際政治は行き詰まっているように見えたが、それ以外のものごとは激しく動いていた。すでに公民権運動は既存の体制を危機に陥らせていた。これはデモに対処する当局者たちにとってだけではなく、良心に目覚めたアメリカ市民にとっても、また忍耐の限界を迎えていた市民にとってもそうだった。

その年、全米一〇〇の地域で一〇万の女性たちが一斉一日ストライキを敢行して、〈平和のための女性ストライキ〉を創設した。これは反核平和運動の皮切りであり、まもなく誕生する女性運動の先触れだった。その年、セサール・チャベス〔後の全米農業労働者組合初代会長〕は地域活動家の仕事に見切りをつけてカリフォルニアの農場労働者の組織化に取り組むことを考え、自然科学作家レイチェル・カーソンは翌一九六二年に刊行される画期的な農薬告発の書『沈黙の春』を仕上げつつあった。公民権運動が特定の成果を達成しただけではなく人種と公正に対する想像力を育んだように、カーソンの著作は、国内のDDT禁止法制化の一助になって多種の鳥類の絶滅を防いだだけでなく、自然は生気のない物質の寄せ集めではなく、相互に作用し、つながりあう系で構成されているると見る新しい世界認識を世の中に広めた。後にエコロジーと呼ばれるこの理念は主流の思潮のなかに少しずつ着実に浸透し、地球とそのふるまい、四大要素（火と水と大気と土）、生物種、相互依存性、生物多様性、分水界、食物連鎖（この種の言葉が世間に広まったのも最近のことだ）に対する想像力をすっかり変えてしまった。一九六二年にはアメリカの学生運動の要のひとつとなるＳＤＳ（民主社会学生同盟）が創設され、環境保護の運動も人びとの想像力や巷の議論に登場するようになっていた。

私が誕生したころの世界には、レイシャル・プロファイリング、憎悪犯罪、家庭内暴力、セクシュアル・ハラスメント、ホモフォビア、その他さまざまな形の排除や抑圧についてどこかに訴え出ることはおろか、多くはそのことを指す言葉さえ存在していなかった。我が国は民主主義の砦を自認するようになっていたが、当時アイビーリーグ〔米国北東部の名門大学の総称〕の大学の一部は女性の入学を許可していなかったし、南部のカレッジや大学の多くは白人だけに門戸を開いていた。相変わらずユダヤ人の加入を禁じているエリート組織も多かった。その時代は、旧い生活様式の多くが廃れようとはしていたが、宗教やセクシュアリティ、ライフスタイル、食生活、消費にかかわる選択の範囲が今よりもずっと限られていた世界だった。手つかずの原生自然、家族経営農場や中小企業、独立系メディア、地域の習わしや土着の習慣は、後に企業グローバリゼーションの爆発的拡大をもたらす均質化や統合、商業化の動きに包囲されていた。そしてこうした駆逐の流れに抵抗する前提条件そのものが、まだ萌芽段階にすぎなかった。世界が変わるとはそういうことだ。ちょうどディケンズが彼のもっとも政治色の強い小説を「それはおよそ善き時代でもあれば、およそ悪しき時代でもあった」という言葉で書き起こしたときに察していたように、いつの時代もたいてい最良であり、最悪なのだ。

あの「シックスティーズ（六〇年代）」と呼ばれるようになった時代は、雑多な遺産と多くの分断を残した。一方であらゆるものに疑問が投げかけられるようになった。それにつづく変化のなかで、もっとも根源的で、もっとも広く波及したものは権威への信頼の喪失だった。すなわち政府、家父長制、進歩、資本主義、暴力、そして白人の権威を信じなくなったことである。その解答となるオルタナティヴは、常にはっきりと簡単に見つかるわけではなかったが、それでもその疑問や問いかけには意義がある。ここでもっとも大切なのは、変化の深さを感じること、あの冷戦の夏の日から私たちがいかに遠くまで歩んできたのかを実感することだ。ほんの数十年前、目前に差し迫った変化よりも世界の終末を思い描くほうがたやすかった時代から見れば、想像を絶するほどの暗闇に包まれた未来に、私たちはなにげなく陽光を浴びながら生きている。私たちの日々の営み、思想、習慣は、荒唐無稽な空想科学小説ですら予測できなかったほどの変化をとげている。たぶん、私たちはこの変化にこれほどたやすく順応すべきでなかったのだろう。毎日びっくりさせられていたほうがよかったのかもしれない。

＊＊＊

ベルリンの壁が築かれた夏に生まれた私は、二八年後の一九八九年一一月九日、それが崩れる光景の実況中継を見て、泣いた。冷戦そのものと同様に不動のものに思えていた重々しい壁——東ドイツの人びとがそれを越えてなだれこみ、みんなが大通りで祝い、仰天し、歓喜し、有頂天になっていた。東ドイツ当局が壁の往来を許可したのは、国境としての壁を廃止するためではなかった。しかしあまりにも多くの人びとが両側から押し寄せたので、警備兵たちは規制を全面的に解除せざるをえなかった。壁の崩壊をもたらしたのは、願望や希望以外には何ひとつ武器をもたない人びとだった。圧倒的に不利な状況に逆らう決断がもたらす変化を奇跡と呼びうるならば、あれは奇跡の年だった。もしかすると、一八四八年よりも、一七七五年や一七八九年よりもずっと重要な、歴史上でもっとも偉大な革命の年だったかもしれない。同年五月、天安門広場の学生たちが中国政府の権威にはじめて直接対峙した。敗北はしたが、彼らが先陣を切った後には一連の革命や告発がつづいた。一九八九年の末に、ネルソン・マンデラがほぼ三〇年ぶりに南アフリカの監獄から釈放された。

同じ年の秋、中央ヨーロッパの国々が続々と自らを解放していった。ポーランド、東ドイツ、ハンガリー、チェコスロバキア（後に平和裏にチェコとスロバキアに分割された）では、世界のさまざまな場所で培われた非暴力の手段が勇敢かつ賑やかに展開された。ソヴィエト陣営の一角が崩れはじめた余波を受けて、ソヴィエト連邦もまた崩壊した――あるいはむしろ、国民の意思と、当時の大統領ミハイル・ゴルバチョフの並外れた指導力、そして権力を手放す意志によって解体された。ソヴィエト連邦は一九九一年のクリスマスに消滅した。民主化運動がますます大胆に組織された結果、いくつかの革命が実現した。その筆頭は、一〇年にわたる周到な準備を経て同年六月に自由選挙を実現したポーランドの「連帯」運動だったが、その他にもっと驚くべき、もっと突発的なものもあった。世界秩序が崩壊の瀬戸際にあると思えたとき、その中心で展開されたのは街頭のデモ行進、人びとが求める市民としての権利行使、声なき者の突然の叫びだった。東ヨーロッパの人びとは、あたかも自由であるかのように行動することによって自由になった。

未来へ向かう道は、しばしば過去を経由する。たとえばハンガリーとチェコスロバキアでは、政治の犠牲で殺された人たちを追悼するための行進がそのまま無血革命に転じて、生きている人びとを解放した。政治への道は、しばしば文化を経由する。たとえば、一九七六年にチェコのバンド「ザ・プラスチック・ピープル・オブ・ザ・ユニバース」が訴追されたことがきっかけとなって、翌年のはじめに挑戦的な宣言「憲章七七」が発表され、その署名人たちの何人かは一九八九年のキーパーソンになった。「もちろん、それは青天の霹靂《へきれき》ではなかった」と書いた「憲章」署名人のひとり劇作家ヴァーツラフ・ハヴェルは、後年、共産党政権崩壊後のチェコスロバキア大統領になった。「だが、そうした印象もわからなくはない。きっかけとなった動きは「隠された領域」の薄明かりのなかで、ものごとを見通すことも、分析することも困難なままに進行していたのだから。その憲章が世に出ることは、今それが私たちをどこに導くのかわからないのと同じくらいに、ほとんど予想できなかった[22]」。

同じような不可思議ななりゆきは、アフリカおよびスコットランド＝アイルランド系の音楽的伝統からアメリカ南部で生まれたロックンロールが世界中に伝わり、その結果、かつては南部固有のサウンドだった音楽が、ヨーロッパの東部において異議申立てと分かちがたく結びついた過程にもたどることができるだろう。

あるいは、ソロー、奴隷制度廃止運動、トルストイ、女性参政権運動、ガンジー、マーティン・ルーサー・キング、その他さまざまな人たちが一世紀を超える歩みのなかで展開した市民的不服従と非暴力の原則が世界中で解放運動の標準装備となったという、跳ねてゆく水切り石のような軌跡もある。原子爆弾が二〇世紀最悪の発明であるとしたら、市民的不服従と非暴力の実践は二〇世紀最良の発明であり、爆弾へのアンチテーゼであるのかもしれない。そこには音楽も加えるべきかもしれない（公民権運動とロックンロールが、ともにアメリカ南部のアフリカ系アメリカ人社会から生まれて世界を変えるものとなったことは、あのような貧困と抑圧のもとで、驚くほど豊穣な抵抗の土壌があったことを示唆し、これもまた歴史のふるまいの不可思議さを思わせる）。私たちが生きている新しい時代は、あの平穏無事な二〇〇〇年（暦法に厳密に従うなら二〇〇一年）一月一日に到来したわけではない。それは段階的にやってきて、いまも生まれつつあるものだ。しかし、この五つの時点、一九八九年、一九九四年、一九九九年、二〇〇一年、二〇〇三年はそれぞれが陣痛のときであり、緊急事態《エマージェンス》のなかから出現《エマージ》した機会だった。千年紀《ミレニアム》は、時間の終焉に訪れる何かの到来の瞬間として長らく予期されてきた。だが、それはある種のはじまりだ。次第に姿を現わしつつあるけれど、まだ名前もなく認識もされていないものがはじまろうとしている。それこそが新しい希望の地平なのだ。

7　千年紀の到来――一九九四年一月一日

一九九四年一月一日、メキシコ南端のチアパス州ラカンドンの密林や山中の根拠地から先住民の男女と子どもたちからなるゲリラ軍が姿を現し、六つの町を席巻して世界を仰天させた。ゲリラたちは、二〇世紀はじめのメキシコ先住民蜂起の指導者エミリアーノ・サパタをたたえてサパティスタと名乗り、その理念をサパティスモと名づけていた。ソヴィエト陣営の崩壊は資本主義の勝利に読み替えられた。「自由市場」には民主主義や自由に等しいという資本主義陣営の主張が勢いを増し、一九九〇年代には新自由主義が台頭しつつあった。ＮＡＦＴＡ（北米自由貿易協定）が発効し、アメリカ、メキシコ、カナダの国境が開かれる日を選んで、サパティスタは狼煙《のろし》をあげた。その後の一〇年がどのような時代になるのかを、鋭く認識していたのである――つまり、NAFTAはメキシコの数十万の零細農民に経済上の死刑を宣告し、地域と伝統に根ざした生活を破壊する、ということを。

サパティスタが布告した見事な声明や宣言には、第四世界〔第一世界から第三世界で構成される国際社会やグローバル経済に含まれていない国や人びと〕の勃興に加え、新自由主義に対する根底的な拒絶が表明されていた。彼らの武力は取るに足らないものだったが、抜群の知力と想像力を兼ね備えていた。急進的な歴史家でアクティヴィストのエリザベス・マルチネスは指摘する——「サパティスモは、人民を指導するという前衛の思想を拒否している。その理念が肯定するものは、前衛ではなく、共同体としての民衆の権力、草の根の自治なのだ……サパティスタは、権力の奪取を提案しているのではなく、さまざまな闘いの形を用いて、権力を市民社会に返還しようとする幅広い運動に貢献したいと表明している」[23]。サパティスタは、単にある特定の革命を達成するのではなく、いわば、革命の本質そのものの革命の提起をめざして登場したのである。彼らは、いかなる行動、いかなる運動のうちにも、数多くの力とアジェンダ（政治課題）とが相互に作用していると認識しながら、権力の力学や従来の革命、資本主義や植民地主義、軍国主義、あるいは性差別や人種差別、ときにはマルクス主義すらも批判した。彼らは社会主義者たちのように単純ではなく、新自由主義のさまざまな問題点に対する解答として、昔ながらの国家社会主義の構想をもち出すようなことはしなかった。彼らは、ひとつの正義を別の正義のために犠牲にしたり、後回しにしたりするような革命を拒絶し、女性の完全かつ平等な権利を認めた。彼らはみずからの革命の輸出を企てるのではなく、他者に対して、それぞれの地域と特性にふさわしい革命をめざすように勧め、エンクエントス（encuentos＝出会い）という一種の会合、コムニケス（communiques＝使者）、それに通信といった手段を用いて密林や村落から発信した対話を世界に広げていった。世界にとってサパティスタの登場は予期せぬ驚きであり、もっとも辺鄙《へんぴ》で見過ごされていた場所でさえも一夜にして世界の中心となりうることを実証してみせた。

彼らは単に変化を求めたのではなく、すでに変化を体現していたので、当初から、そしていまも勝利者なのだ。トド・パラ・トドス、ナダ・パラ・ノソトロス（*Todo para todos, nada para nosotros*）、すなわち「すべては万人のため、自分のためにはなにもなし」というのが、サパティスモの原理のひとつである。これまでの一〇年間、メキシコ政府と渡り合って、勝ったとはいえず、生き残っただけであるとしても、世界のアクティヴィストたちのために素晴らしい可能性を切り拓いてきた。サパティスタは、武力を用いた物理的行動と、言葉やイメージ、芸術や情報を駆使した象徴的行為とのあいだの相互作用を熟知して、ささやかな武力では決して勝ち取れないものを、後者を用いて獲得したのである。サパティスタは、戦場の実戦部隊というより野外劇の登場人物さながらであり、じっさいに武器のいくつかは銃にみたてた木片だった。栄光に包まれて演じられたこの野外劇は、メキシコの市民社会と世界中のアクティヴィストたちの心と想像力を虜《とりこ》にしてしまった。

バラクラヴァとバンダナを身につけて山から出てきたサパティスタたちは、たいてい小柄で瞳が黒かったが、広報係は背が高く碧《みどり》の瞳をもち、数カ国語をあやつるインテリで、人前では決して脱がなかったバラクラヴァの縁の下でパイプをくゆらせていた。副司令マルコスは、世に出たときには月並みな左翼イデオロギーの持ち主でしかなかったが、一九九四年の数年前からカンペシーノ〔ラテンアメリカの小農民〕の解放に取り組んでいたあいだに、そのようなものから解放され、今では新しいタイプの政治的言説の発信者となっている。マルコスは、寓意や逆説、毒舌や滑稽、それに詩を自在に使いこなす、この時代の偉大な文筆家のひとりであり、その文章はインターネットという新しい情報媒体を通して、世界中に浸透していった。ただし、それでも彼は副司令として覆面と偽名の裏側に留まっていて、その言葉も必ずしも彼自身の考えというわけではない。むしろ、そうした言葉が提示するものを現実化しようとする共同体の言葉を語っているのだ。彼は、共同社会のために吹き鳴らすラッパの風変わりな音であり、思想と行為の間隙に橋を架ける著作者の風変わりな声なのだ。

サパティスタ研究者でアクティヴィストのマニュエル・キャラハンは、サパティスタの登場は、失われた先住民族の至福の時代に時計の針を戻すのでなく、未来の到来の時機を早めると指摘した。マルコスは「われわれインディアン民衆は、時計のゼンマイを巻くことによって、言うなれば、唯一の未来、すべてを包みこむ寛容な、多元的な明日の到来を確実なものにするためにやってきた」と語っている。「そうするために、すなわちわれわれの進軍を人類の時計の針とするために、われわれインディアン諸民族は、まだ書かれていないものを読む技術を手段としてきた。なぜなら、これこそがわれわれを、先住民として、メキシコ人として、とりわけ人間として活かす夢なのだから。われわれの闘いによって、すでに過去に種子が播かれ、現在、育てている未来を――われわれが戦う場合のみ、言い換えれば、夢見る場合のみ、収穫することができる未来を――われわれは読んでいるのだ[24]」

彼は、また別の機会にも、サパティスタがなにであるかでなく、正確にはなにでないかを、飾らずに直截な言葉で定義している——。

彼らが最初に登場したときの軍団が「武装組織としての自己の永続化を図るなら、失敗に向かっていることになる。オルタナティヴ（既存のものに代替する）な理念体系としての、また世界に対するオルタナティヴな態度としての失敗である。それはさておいても、起こりうる最悪の事態は、われわれが権力を握って、革命軍として居座ることである。われわれの立場からは、それが失敗になる。六〇年代や七〇年代の民族解放運動の結末、いわゆる政治・軍事組織としての成功を真似れば、不面目なことになるだろう。そのような勝利の結果が結局、敗北、つまり失敗に終わるのをわれわれは見てきた。最終的にふたつの勢力間の権力闘争に陥ってしまえば、いつの場合も、評価されずに取り残されたのは、民衆や市民社会だった[25]。

ジョージ・オーウェルがみずから参戦したスペイン内戦を記録した『カタロニア讃

歌』は、アナーキストたちと共産主義者たちの内部抗争が闘争を弱体化させ、ファシストの勝利を許してしまった経過を報告している（ファシストの勝利はヒトラーとムッソリーニの支援で実現したが永続することはなく、一九七五年のフランコ死去後、スペインはすぐに民主制に復帰している）。同書には驚くべき瞬間が描かれている。オーウェルは謹厳実直な男で、いかなる政治路線にもうまく服従できなかった。彼の目は、いつもイデオロギーの欠陥に向けられていた。まるでイデオロギーとレトリックが頭上を飛び交う抽象概念の世界に安住できないかのようである。彼は、ファシストと政府側アナーキストとが対峙する塹壕戦の描写で、双方がどなりあうスローガンを記録している。アナーキスト側は、オーウェルの言葉によれば――「革命的感情にあふれるおきまりの文句をどなりつける。ファシストの兵士が国際資本主義の傭兵にすぎず、自分と同じ階級の人びとと戦っているのだ、などと言いきかせるもので、われわれのほうにやってくるよう呼びかける……効果があったことはほぼ間違いない。ファシストの脱走兵がぼつぼつやってきたのも、ひとつにはその効果のあらわれだとだれもが思った[26]」

オーウェルの陣営でもっぱらどなっていた男は、

この仕事の芸術家だった。革命的スローガンを叫ぶのではなく、ときにはわれわれの食事がファシストのよりはるかに上等である、とだけ言ってやった。彼の描く政府側の軍用食は、やや想像に走るきらいがあった。「バターをぬったトースト！」淋しい谷間に彼の声がこだまする——「こちらで今ぼくらは、腰をおろして、バターをぬったトーストにありつこうとしています！　すてきなバターぬりのトーストが何枚も！」ぼくらはだれもそうだったが、彼にしても何週間、いや何カ月間、バターなど見たことのないのはたしかである。だが凍てつく夜、バターぬりトーストのニュースを聞けば、ファシスト側の兵士も、その多くが、よだれを流したことだろう。ぼく自身がそうだった。彼のいうことが嘘だと知りながら。

塹壕のなかでトーストとどなる声は、字義を超えて、イデオロギー以上に豊かな、現代にも通じうるしゃれた政治演説であり、命令や糾弾ではなく、誘いかけだった。トーストとどなっていたスペイン人は、嘘をついていたのではなく、創作していたのだ。つまり、プロパガンダを超越した塹壕文学を創作し、芸術の域にまで高めていたといってもいいだろう。彼が言いたかったのは、アナーキストはファシストよりも人間味があるということではなかったかという気がする。なぜなら、政治レトリックの抽象概念よりも深いところに、具体的で現実的、身体的な願望があることがわかっていて、当意即妙に遊ぶ心、楽しみを見つける心、独立した人間の心を保つだけの余裕をもっているのだから。焼きたてのバタートーストというアナーキーなレトリックは示唆的で描写力にすぐれ、比喩や逆説を織りこんだ――鳥やパン、血や雲などの事物の名前をちりばめ、心と愛と尊厳を、とくに希望を表す言葉に満ちた――マルコスの話法なのである。そこにあるユーモアが、皮肉めいたことやありそうもないこと、バランスの悪さをカバーしている。これは、グローバル化が結びつけた、広大で名前のない現代の運動の言葉、ドグマの硬さではなく、芸術のしなやかさを備えたひとつの運動、あるいは多様な運動の言葉なのだ。

一九九六年一月一日に発表された「ラコンドン・ジャングル第四宣言」の一部を引用してみよう――。

歴史の名で、新しい嘘がわれわれに売りこまれている。希望の敗北という嘘、尊厳の敗北という嘘、人間性の敗北という嘘……彼らはわれわれに向かって、人間性に代えて株式市況を、尊厳に代えて悲惨のグローバル化を、希望に代えて空しさを、命に代えてテロの国際同盟を売りこむ。われわれは、新自由主義が提供するテロの国際同盟に対抗して、希望の国際同盟を育てなければならない。国境や言語、肌の色や文化、性別、戦略や思想、すべての違いを超えて、生き生きした人間性を好む人びとの連帯。希望の国際同盟。それは、希望を担う官僚制度ではなく、われわれを絶滅に追いこむ制度を反転した姿ではなく、したがって似たような構造ではない。新しい看板や新しい装いの権力ではない。一輪の花。そう、あの希望の花である。[27]

サパティスタの蜂起は、彩りゆたかな革命だった——今でも波紋を周辺に広げていく、水面に投じられた緑色の石、あるいは種子を軽やかに風に飛ばす一輪の花。

8　千年紀の到来——一九九九年一一月三〇日

二〇世紀末が押しせまるにつれ、大勢の人がいわゆる「Y2K」問題を心配するようになった。四桁の年号の遷移に対応していないコンピュータプログラムが誤作動して、私たちが頼っているシステム全体がクラッシュするという話だ。これは、ある種の過激な発想の典型例であり、いかにもありそうな立証で煽りたてられた病気だった。結局、大事には至らなかったが、ミネラルウォーターやバッテリーの売上には大きく貢献した。けれど、別の方面ではシステム破壊が現実のものとなっていた。それも、一カ月も先立って。

私は、一九九九年一一月三〇日のあの日、すでに新しい千年紀が到来したと考え、歴史を生きているのだと意識して、途方もない高揚感に胸を躍らせ、シアトル市街を歩いていたのを今でも思い出す。埃っぽく古びた繁華街の碁盤目状の通りを行くと、一帯の交差点という交差点で、世界貿易機構（WTO）会合を阻止すべく集まった人びとが、バリケードを張っていたからである。労働組合、農業団体、人権活動家、環境保護運動家、アナーキスト、宗教関係者、学生もいれば、孫をもつ世代もいた。WTOは、国際貿易を管理するために、またそれ以上に重要な目的として、ほかのあらゆる強制力による貿易制限や規制を抑えたり、非合法化したりするために創設された。WTO体制に反対する者は、ときに「グローバル化恐怖症」のレッテルを貼られたり、「反グローバル化」活動家と呼ばれたりするがグローバル化という言葉自体は、国際化、越境などの多様な意味で用いられる。私たちが反対する対象は、より正確にいえば企業のグローバリゼーションであり、これには、そのイデオロギーである新自由主義、そしてときには資本主義総体までも含まれる。したがって、この運動は、いまでは反資本主義と呼ばれることもある。もっとも、反グローバル化運動はもっと複雑多岐にわたっているし、言葉そのもののイメージと違って、古典的なマルクス主義や社会主義にはあまり似ていない。私としては、この多様な抵抗と直感が撚り合わさったものを表現するのに、「グローバル・ジャスティス運動」という言い方が好きだ。基本的な原則を簡単にいえば、権力・企業のグローバル化によって促進される民営化と統合化に焦点を絞って、それに対する抵抗を担うこと。さらに単純にいえば、世界のデモクラシーを再興する運動、あるいは世界のある地域で特定の紛争が燃えあがるとき、その場でデモクラシーを立て直すための闘いとして理解すればよい。

この形態のグローバル化とは、要するに、もっぱら資本の権益を擁護するために行動する、説明責任を負わない超国家的権限によって強制される利権であり、自由市場のうさんくさい利点の名のもとに、土地、地域、国それぞれの個別条件に応じた労働、環境、農業各分野における自決権を奪うことである。最近おこなわれた労働者討論会で、一時解雇《レイオフ》中の全米金属労働組合員デイヴ・ビヴァードは、この新しい世界秩序をさして「企業の、企業による、企業のための政府」と表現している。自由貿易は、多くの分野で「底辺をめざす競争」と呼ばれる状況を生み、できるかぎり安価な労働力や農産物を探しまわる経済競争を促して、数えきれない方面に損失を押しつけている。いつもながらの言い草として、このような競争が企業収益力を高めると主張されているが、より正確を期すならば、労働者や地域から奪った利益を集中するということであり、こちら側から見れば、収益のとてつもない減損になる（さらにいえば、利益という言葉そのものの再定義が切に求められている。株式市場でいう収益性とは、あらゆる種類の破壊力のことであり、幸福、美、自由、公正などはいうまでもなく、文化、多様性、長期的福利などを評価する用語も、すっぽり抜け落ちている）。

健康と環境に深刻なダメージを与えるガソリン添加物ＭＴＢＥ〔メチル・ターシャリー＝ブチル・エーテル〕をめぐる紛争が、ＮＡＦＴＡと、それに関連するグローバル化協定に潜む企業側の意図を示す、実にわかりやすい例である。カリフォルニア州がＭＴＢＥの禁止に踏み切ったところ、カナダ企業メタネックスは、販売禁止による逸失利益を一〇億ドル近くと算定し、アメリカ政府に損害賠償を求めて提訴した。ＮＡＦＴＡの規定では、企業の利得権が手厚く保障され、地域レベルの法はその権益を侵すことができない。地下水の汚染は、もはや犯罪とは見なされない。毒の垂れ流しを妨害することが、グローバル化時代の犯罪とされるのである。ほかにもグローバル化にまつわる同じような例として、多国籍企業による水道事業民営化の企て、野生生物および伝統栽培作物を含む遺伝子の特許登録など、多くは生活になくてはならない基本資源を自由貿易の名において商品として囲いこむ動きが挙げられる。

よくいわれることだが、グローバル化は別の手段による戦争であり、グローバル・

ジャスティス運動を担っている若い人たちも、これをよく理解している。戦争であれば、反対するのは簡単だが、金融操作によって引き起こされる混乱を解明したり、搾取工場の労働者や土地を追われた農民の痛みを知ったりするには、真剣に情熱を傾けなければならない。たまには英雄的行為が脚光を浴びることもあるだろうが、現代の英雄に求められる素質の多くは、苦労を重ねて、不可解な政策に精通したり、大義を求め、何年も何年も頑固に耐え抜いたり、見捨てられた人びとに共感したり、怒りを献身に昇華したりすることなのだろう。これまでも、グローバル化反対運動はあり、NAFTA発効当日に狙いを定めて蜂起したサパティスタは、そのもっともみごとな例だった。それにしても、台頭する勢力を結集し、無視できないものにしたのは、シアトル行動だったのである。

経済史家チャールズ・ダーバーが書いている――

シアトルの興奮は、新しい反対運動、それもたぶん全面的に新しい政治運動が、アメリカで、また広く世界で誕生したという潜在意識的な認識をもたらした……シアトルで主体になっていたのは白人のグループだったが、インド、メキシコ、フィリピン、インドネシアから駆けつけた人びともいた。彼らひとりひとりの背後に、母国の街で反対運動をしながらシアトルに来ることはかなわなかった、影響力をもった多くのグループ、数百万の人びとの存在があった。だから、より大局的に運動の全体像を見るならば、そして世界中のグローバル化関連運動に加わる集団が増える勢いを見るならば、これはまさしく国境を越えた運動であり、おそらく最初の偽りなく地球規模の運動であると結論せざるをえない[28]。

やはりシアトルに来ていたフランスの農民革命家ジョゼ・ボヴェも同じような意見である——「抗議行動の新しい時代、つまり先立つ世代の失敗と無気力を克服する政治運動の新たな旅立ちが、アメリカではじまっていると私は感じた[29]」。

一九七〇年代から八〇年代にかけては、それぞれの運動がおのおの単一分野で問題を提起し、たがいに論点の優劣を競い合っていたようで、そのために共通基盤の構築があまりにもおろそかになっていたのだが、グローバル・ジャスティス運動が、革新・急進派にこれまで長らく欠けていたもの——幅広い連合の基礎になる包括的な分析——をもたらした。もちろんこれは、部分的には、グローバリゼーションをめざす企業の側が、どうしても環境保護とデモクラシーに敵対するようになり、ありとあらゆる分野で暴虐の限りを尽くしているせいでもある。それでも反グローバル化運動は、サパティスタのそれと同じく、その広がりと柔軟さ、創造性において、革命そのものを変革する大きな一歩になりうると思えるのだ。サパティスタが世界の舞台に登場した年に、地理学界の急進派イアン・ボールが予言している――「閉ざされて排他的なサイト（場）と同じぐらい数多くの運動と抵抗が出会う仮想の集会場で、よりよい世界を熱望する思いが湧きあがらなければならないだろう。この抵抗は、資本主義と同じぐらい超国家的な存在になるだろう」[30]。このような抵抗はシアトル以前にも出現してはいた。たとえば〈路上を取り戻せ《リクレイム・ザ・ストリーツ》〉やイギリスの道路建設反対運動、フランスやインドにおける遺伝子組換え作物への反対運動、ラテンアメリカ諸国における先住民の権利運動といったものだ。しかし、その超国家的な存在を無視できないものとして示せたのは、アメリカ合衆国の左上の片隅においてだった。

　あの日、組合主催の行進に五〇万の人びとが参加し、一万のアクティヴィストたちが中心街を封鎖して、ＷＴＯ会合を混乱させ、最終的に中止に追いこんだ。封鎖行動が、貧困諸国からの使節たちや非政府組織の代表たちを励まして、ＷＴＯ交渉における彼らの足場を固めさせた。このときの勝利、すなわち封鎖の成功は具体的で、即効的だった。だが同時に、直接行動が世界を刺激して、予想外の反グローバル化気運が大きく燃えあがる契機をつくり、企業のグローバリゼーションをテーマにした前例のない論争に火を点けた。

シアトルでのあの二日間、警官隊が暴走し、残虐行為を繰り返し、人を傷つけ、入院させ、米国憲法修正第一条に定める権利を踏みにじって逮捕していた。労働組合と海亀コスチュームの環境保護グループを指す「トラック野郎とウミガメ」が象徴した、かの名高い連帯にしても、離反と内紛とは無縁ではなかった。シアトルは、エデンの園と間違って回想されることがある。あれは単なる奇跡にすぎず、二度と同じように繰り返されることのない混乱だったと。シアトルでの驚愕の事態を受けて、その後のグローバル化関連サミットでは、会場周辺に武力による壁をもつミニ警察国家が出現するのが恒例となった。こんな権利を否定された地帯こそ、企業活動のグローバリゼーションが約束する世界だと思えて仕方がない。

しかし、八〇年代と九〇年代の大規模な反核、反戦、環境保護行動のあいだ、眠りこんでいたメディアは、一九九九年一一月の最終日になって、やっと目を覚まし、この封鎖行動は、六〇年代以降で最大の事件であると伝えはじめた。ある意味でそれはその通りだ。むしろメディアがそうさせたところもあるし、それまでの失敗や成功を礎にして新しい局面が開かれた点でもその通りだ。シアトルでは、非暴力直接行動という戦術とその思想が、いっそうの輝きを放っていた。それは、何十年間もの議論や実験を経て、ようやく到達した瞬間だった。『シアトルの戦い』というアンソロジーを編んだエディー・ユエンは、その序文で、この種の行動の後ろ盾になる二つの原理について書いている。

その一は、六〇年代の革命運動に見られた暴力に伴うマッチョ的な陶酔に対置する、徹底的な非暴力規範の遵守である。その二は、直接民主主義、すなわち具体的には連帯グループからなる組織形態、および代表者協議会ミーティングや合意形成への参画である。このような形の関与は、後期新左翼運動に蔓延した（たいてい男性による）カリスマ的な指導者崇拝や権威主義的な組織形態への応答である。[31]

要するに、この運動は多元的であり、数多くの起源に根ざしているが、そのひとつに、一九六〇年代に犯した失敗に対する、また力を信奉する倫理観に対する、建設的批判があった。だからシアトルの出来事は、企業や政府といった「彼ら」の問題だけではなく、しばしば「私たち」の、つまりアクティヴィストや急進派や革命が抱えていた問題にも由来していた。シアトルでの成功は、これら両面に眼を逸らさずに向き合うという、長い時間をかけて用意された対応によって達成されたのだ。

一九九九年といえば、長くつづいた好況期の傲慢な空気がまだ世間を覆っていたことを、あなたは憶えていないかもしれない。企業の最高経営責任者たちはロックスターなみにもてはやされ、経済部記者たちは、市況は永遠に右肩上がりで、落ちこむことなどないと舞い上がっていた。つづいて、ハイテク・バブルがはじけ、エンロンやワールドコムの不祥事が発覚し、企業が道徳的にも破産していることが暴かれた。アルゼンチンは新自由主義財政政策に忠実だったがために破綻し、何度かの政変を繰り返し、債務不履行に陥り、いまでも深刻な経済危機の憂き目にあって、統制の取れない社会改革のただなかにある。共産主義が破綻して一〇年、いまでは資本主義が難破している。シアトルの出来事から五年が経過した今ではどうだろう。あの十一月の日々より前には、WTOは驀進する戦車のように、すべてを薙ぎ倒してゆくかに思えていた。今では、仮にそれが戦車であることは変わりないとして、もはやどこかで脱輪して前にも後ろにも進めなくなっている。

あの日はシアトルが世界の中心に思えたが、一方インドのバンガロールではその姉妹のような運動が展開されていた。その運動の標的はモンサントだった。かつてオレンジ剤として知られた枯れ葉剤を開発した化学企業であるモンサントは、最近、おびただしい数の遺伝子改変作物を生み出している。その主眼は、モンサント製の病虫害防除剤への作物の耐性を高めること、つまりそうやって同社の利潤をさらに増大させることにあると思われている。どこまでもWTOの脅威を体現するかのようなこの企業は、近年になってヨーロッパの事業所を閉鎖し、インドではさまざまな攻撃を受け、自社の遺伝子改変作物の市場開拓から全面的に撤退し、ジャガイモの新品種「ニューリーフ」は市場が崩壊して生産停止に追い込まれ、オーストラリアでは遺伝子改変カノーラ油の普及を諦め、南米で生産されていた遺伝子改変大豆のロイヤリティは回収できず、二〇〇四年には記録的な損失を計上した。イタリアの市民は国土の二〇の地域のうち、一三の地域と一五〇〇の自治体を「GMOフリー」、つまり遺伝子改変作物のない地域に指定した。カリフォルニアのいくつかの郡でも同じ動きがあった。巨大企業シンジェンタも、同じように、人びとの反発を受けてヨーロッパでの遺伝子改変製品の研究や販売をすべて中止した。ヨーロッパの人びとは、遺伝子改変作物が自分たちの大陸に食べ物として入ってくることに歯止めをかけるという、重要な成果を達成した。それも、自分たちの政府が反対の声を上げようとしない中でのことだった(WTOが政府の反対表明を妨げていたともいえる)。

一九九九年について考えることは、いわゆる「テロとの戦争」を展開した好戦的な大国が複雑かつ長期的な課題を攪乱してしまう以前の、もう過ぎ去ってしまった時代について考えることだ。一方で、それは大いなる転換点について、つまり企業グローバリズムに対抗する運動が大きなひとつのうねりとなった瞬間について考えることでもある。その四年後の二〇〇三年九月には、メキシコのカンクンペシーノと韓国の農民たちに率いられた人びとが、カンクンのWTO閣僚会議に参集したNGO諸グループと連携して、WTOそのものを崩壊寸前にまで追い込んだ。

その会議がはじまる前から、交渉が難航することは予想されていた。アメリカとEUは貧困国に対して自律性を放棄するように圧力をかけていた。彼らはそのことに何も見返りも示さず、先進国の農業支援策がもたらす開発途上国の農業への損害に対処する意思も見せなかった。しかし、アクティヴィストや非政府組織が当初の予想を越えて貧困国との連帯を実現した結果、WTOの交渉は単に行き詰まっただけではなく、もはや話し合いの体をなさない状態にまでなった。その前線にいたアクティヴィストたちが私たちに送ってきたメールにはこうあった。「もし議場の外にアクティヴィストたちが集まっていなかったら、アフリカ諸国は、WTOやアメリカやEUに対抗することはできなかっただろう、そう私の陣営に加わったスワジランドの女性が伝えてきた。彼女が言うには、会場の内外での私たちの行動と言葉と圧力が、とりわけ報道を通じて、彼女やその仲間であるアフリカ諸国にかつてない対決の姿勢をとる力を与えていた」。別のアクティヴィストは、会場内の各国代表に断固とした態度をとらせ、そこに賭けられている命が誰のものなのかを思い出させたのは、会場の外にいた農民たちの存在だったと語っている。彼らの存在によって、たとえば六世帯のうち一世帯が農業に関わっている韓国は、自国の農業をさらに安売りすることを思い留まったのだ。カンクンの閣僚会議で、貧困国はG20プラス（G21）と呼ばれる組織を立ち上げた。これは世界の半数に近い人口と、三分の二を越える農民を代表する組織として、富裕国やその背後にある企業に対して声を上げるだけの力を得た。この連携を主導したのはブラジルだった（インド、中国、および多くの小国は、参加に際して立場の違いを克服する必要はなかった）。ルイス・イナシオ・ルーラ・ダ・シルヴァ政権下のブラジルの自立心に満ちたふるまいは見事なものだった。これは、独裁政権から長い時間をかけて抜け出してきた南米がもたらした世界的なインパクトのひとつでもあった。そして会合の最終日の午後三時に、ケニヤ代表が「この会議はここまで、これはもうひとつのシアトルなのです」と告げると、G20プラスの国々が席を立ち、交渉は決裂した。その場にいた非政府組織の参加者たちは歓喜の声を上げ、会場の外にいたデモ参加者たちは祝福をはじめた。ガーディアン紙のコラムニスト、ジョージ・モンビオは次のように書いた。「カンクンにおいて、弱小国家たちは地球でもっとも強力な交渉相手とわたりあい、屈しなかった。彼らが故郷に持ち帰る教訓は、こんなことが可能だとすれば、ほとんど不可能なことはないということになるだろう」[32]。

それは農民や貧しい者たちの勝利であり、非暴力直接行動の勝利であり、企業に対抗する人びとの、強欲に対抗する公正さのもつ力の勝利だった。それは富める国々から貧しい国々へ、塔から路上への権力の移行でもあった。シアトルには世界中から代表者が集まっていたが、先頭に立ったのは急進的な白人の若者たちだった。一方で、カンクンで先頭に立ったのはメキシコのカンペシーノと韓国の農民たちであり、彼らは莫大な数の人びとを代表する存在だった（そこには、中小の農業者や農業従事者組織の国際的な連合であるビア・カンペシーナに参加する、七〇近い国々や数億の人びとが含まれている）。それゆえに、カンクンで上げられた声やその説得力は、それまでとは別種のものだった。私たちとは違って、彼らは世界を代弁することができたのだ。そして彼らは、幅広い支持を背景とした運動とはいかなるものなのか、それほどに多種多様な参加者が共通の立場にあることがどれほどの意味をもつのかを示してみせた。ちょうど9・11が二周年を迎える日々に展開されたこのカンクンの革命は、オサマ・ビンラディンとブッシュが麻痺状態に陥らせていた、人びとの平和的権力をいくらか取り戻してみせたのだ。

シアトルに残された落書きには、「我々は勝利しつつある」と宣言されていた。

9　千年紀の到来——二〇〇一年九月一一日

航空機が爆弾になるなんて、どこから見ても恐ろしいことだった。けれどもあのとき現場に居合わせた人びとの英雄的行動だけでなく、全米の人びとのもつ美しいなにかが立ち現れてもおかしくない瞬間があった。ゴアが大統領だったとしても、あるいはネーダーが大統領であっても、あの瞬間にはそぐわなかっただろう。あの場に居合わせるにふさわしい指導者を思い描くには、さらにイメージを広げて、ウイノナ・ラデューク大統領（二〇〇〇年に「緑の党」から副大統領候補として出馬した、ユダヤ系と先住民の血を引く環境アクティヴィスト）を連れ出すか、あるいはマーティン・ルーサー・キング大統領のいる並行宇宙まで足を延ばさなくてはならない。事件への反作用として、もちろん、敵対感情や人種差別、対外強硬論も見受けられたが、それでもほぼ万民が立ち止まる長い瞬間があり、この国がもうひとつの道に向かう絶好の機会があった。とにかく、一部の人たちはその道に向かったのである。その後の何時間も、何日間も、だれもが世界は変わったと言うが、どのように変わったのか、正しく知る人はいない。変わったのは単に戦争の見こみだけではなく、自己と世界との関係を捉える感覚だ。少なくともアメリカ人にとっては。

完全に自分だけの世界にひきこもって生きていけるとしたらものすごく贅沢な話で、その贅沢さはこの社会の無数の方面から奨励されているわけだが、それはフォアグラだけを食べつづけるようなものであり、心筋梗塞や動脈硬化になってしまうのが関の山だ。この国では、こういう切なる願いが助長されている。だが、たいていの人は、もっと歯ごたえのある、もっと本質的ななにかを、もっと切実に願っている。一五歳のとき、故郷が深刻な旱魃《かんばつ》にみまわれてからこのかた、私は災害に対処する人のふるまいに強く惹かれてきた。そのときの旱魃では、郡内の富裕な市民たちは、余った時間には個人的に豊かな生活も楽しんだだろうが、それ以上に、公益のための自己犠牲に喜びを見出していた。一九八九年のロマ・プリータ地震では、サンフランシスコの日常が根底から揺さぶられた。他人に対する怒りや個人的な計画などは、瞬時にどうでもよくなったのを私は思い出す。地震の翌日、気掛かりな人びとの様子を見に街を歩いてまわると、すぐ目の前にある限りのものが世界であるかのように感じられた。ベイブリッジが被災して、自宅にいるしかない現実的な理由があったからではなく、数限りない不満や欲求の出所である長期見通しそのものが揺さぶられたために、人生、意味、価値が、この場、いまというときに切実なものとなった。地震を潜り抜けた私たちは、存在し、繋がっていた。死に、恐怖に、未知なるものに繋がっていた。だが、その繋がりのなかに、共感と情熱、勇気も感じることができた。強く感じることができるということ、それじたいが、この社会に充満する感覚を麻痺させるような日常の騒動のなかでは得がたい経験だった。

九月一一日にどこでも見られた最初の衝動が、献血すること、すなわち見知らぬ他人のために、みずからの身体の生命力を捧げる、ある種の非宗教的な聖餐《せいさん》式だった。メディアは、広告や三文記事、ゴシップを削り、悲劇と英雄的行為について語っていた。献血と自発的行為が一体感の最初の表れだった。米国旗がその一体感を両義的に表すシンボルになった。共感から愛国心まで、どんな意味にも取れるからである。ある友人が、あの週のブルックリンでは「だれも仕事に行かず、だれもが見知らぬ人に話しかけていた」と伝えてきた。人びとを英雄にしたのは、なんであり、共同体の仲間であると感じさせたものは、なんだったのだろう？　アメリカ不敗神話の終焉の副産物のひとつとして、外国のものだった大虐殺や占領、飢餓や独裁といった不幸がなにを意味するのか、どんな味がするのかという感覚、すなわち世界市民としてのセンスが育ってほしいと、私は願った。

　事件現場には最善をつくし、この災害におけるスター的な英雄になった消防士や警察官、医療関係者や除去作業員たちがいたし、発生直後には、救援を試みながら殉死した人たちもいた。だが、ここで私が言う英雄的行為とは、多少なりとも無私の存在および行動の意志を意味している。災害が身近に発生するまで座して待たないボランティア、みずからに直接の影響がおよばない、地雷や差別、集団虐殺などの問題に対処する志願者やアクティヴィスト、みずからが享受している特権と安全を、それに恵まれない人びとに届けようとする人たちは常に存在するが、戦時と災害時にこそ、このような英雄的行為がもっとも強烈に誘発される。そのもっとも穏やかな形において、英雄的資質とは単に市民であること、つまり共同体へのつながりとコミットメントの感覚にほかならない。9・11から数カ月にわたり、私たちは、この国で市民意識の不思議な高揚を体験したのである。

大統領は、攻撃の直後、世界から「邪悪を取り除く」と断言した。これは、私たちの心からの善意は将来的には不要になるとか、これからは引きこもって、私生活に専念できるという約束のつもりだったらしい。石油政策がこの事態と大いに関係があるはずだが、ドライブを諦めろとか、燃料大量消費型の車は使ってはならないとはいわれなかった。ショッピングに出かけたり、隣人をスパイすることを求められたのである。

ブッシュ政権にとって、市民意識の高揚や怖れを知らぬ勇気、恐怖に動かされる闇雲な愛国心とは正反対の世界との一体感ほどに危険なものはない。まるであの瞬間がはらんでいた未曾有の可能性を認識していたかのように、それを抑えるためなら、なりふりかまわず手を尽くしたかに見える。彼らは9・11事件を国の内外で攻撃を仕掛ける口実に利用したが、それは不可避のなりゆきでも、正当性のある対応でもなかった。実のところ9・11は、おおむね帝国的拡大と国内抑圧という既定路線を実行に移す口実だった。ブッシュ一世は、冷戦の終結が私たちに与えた好機を無視し、その息子は、この新たな緊急事態が呈示した誘惑のうちの最悪の果実を摘み取った。9・11は起こらなければよかった。しかし、あの生まれかけで躊躇っていた反応は現実になってほしかった。

10　千年紀の到来――二〇〇三年二月一五日

あるいは、その瞬間が実現したのは一七カ月後、地球上すべての大陸でイラク戦争反対のデモ行進が挙行され、ブッシュの9・11事件直後の声明にある「われわれの味方か、それとも敵か」という断定に対するアンチテーゼとしての私たちが登場したときだったのかもしれない。指導者をもたず、特定のイデオロギーによらず、インターネット経由で組織されたこの空前の地球規模の抗議の波は、ネット媒体がもつ分権的な政治力を実地に証明しつつ、シアトルのときと同様に、インターネット空間特有の身体と場所をもたない存在のかわりに、数千の街や予想外の僻地での生身の出会いを実現した。歩くことによって肉体が声をあげ、一般市民があの公衆と呼ばれる不可思議な存在となり、街の大通りを横切る歩みが政治目標をめざす旅路になるとき、それを行進と呼ぶ。行進が9・11の殺戮と分断の瞬間に替えて提示したのは、全世界を包む交流の瞬間、共に行進する見知らぬ人同士が信頼しあう瞬間、歴史が兵器と秘密とで作られるのではなく、広い空の下を歩く人びとによって紡ぎだされる瞬間だった。

大規模なサンフランシスコ平和行進で一番印象深かったのは、人びとが長く切望していたことがついに実現したかのような、ワクワクとほとばしる爽快な気分だった。それは自由に発言し、参加し、見知らぬ人たちが自分と信念を共有しているのを目の当たりにし、この種の話題について、コソコソと内輪ででではなく、注目されている場所で、胸を張って好きなだけ話す、長く待ち望んだチャンスだった。こうした経験、つまり民主主義の体験、市民であることの体験が、これほど稀有なことで、これほど求められていたとわかるのは実に感動的であり、当惑もする。数万枚のプラカードのほとんどは手作りで、たいてい美しかったり、おかしかったり、辛辣だったりした。一枚一枚のプラカードはとてもシンプルでも、千単位の規模で集まれば、対イラク戦争に反対する論点を網羅し、洗練した展覧会になっていた。大通りの北側で見かけたパレスチナ女性たちのグループは、ウール製シャリ織りのスカーフを被り、おとなしい印象。その真向かいに、絶え間なく流れる大勢の人びとに遮られながら見えていた、白人とアジア人の若い女性二人組が掲げる看板には、女性の下腹部を表現する三角マークが描かれ、「この茂み《ブッシュ》は平和を求める」と書かれていた。そこは、あらゆる者が参加を許された場所のようだった。

周期的に巨大などよめきが群集から湧きあがった。理由がどうもわからないどよめきであり、大群衆がひとつの巨大な生き物になって、暴力ではなく、生命の力に酔っているかのようだった。この一一〇〇万とも三〇〇〇万とも言われる人びとが参加した地球を一周する行動は、世界史上、最大の規模と広がりをもつ集団抗議であり、南極マクマード基地での小さなデモを勘定に入れれば、史上はじめて七大陸すべてを結ぶものになった。まだはじまってもいない戦争に反対する行動が、このように大きく広がったのは前代未聞で、デズモンド・ツツ大主教〔Archbishop Desmond Tutu 南アフリカの反アパルトヘイト運動家。一九八四年ノーベル平和賞受賞〕がマンハッタンから喝破したとおりだ。そしてそのマンハッタン、一七カ月前に世界貿易センターのふたつのタワーが崩壊した現地では、四〇万を超す人びとが非合法に集まっていた。行進許可証は交付されなかったが、(どういう理由があるのか、イラクはアルカイダと関係していると軽率に信じてしまった連中が)報復を是認しろと迫っても、NOと言うために、とにかく人が集まったのである。ニューヨーク・タイムズ紙は、人びとの抗議行動は世界に存在する別種の超大国《スーパーパワー》であると述べていた。[33]　9・11は残虐行為がもたらした一体感の瞬間だったのに対して、こちらは、叛乱と踏みにじられた理想主義が生みだしたものだった。それは、日常の私生活を超えたなにか、もっときわどい、もっと入り組んだ、もっと理想主義的ななにかを探す欲求の証だった。たぶん多くの人は、あるいはほとんどは、その欲求に従って生きる心の準備が整っていなかっただろうが、ひたむきな熱情の地下水脈は、まぎれもなくそこにあった。

その年の三月、あるイベントで、平和運動家で前国連事務総長補佐ロバート・ミュラーが、彼流の楽観論で戦争の見通しを語って、聴衆を仰天させた。彼は声を張り上げて言った――「私は、歴史のこの奇跡的な瞬間に生きていることを、とても光栄に思います。今日、私たちの世界で進行している状況に、私は深く感動しております。戦争の正当性そのものについて、地球規模で目に見え、公然かつ有効な、開かれた対話と会話とがおこなわれたことは、これまでの歴史でかつてなかったことなのです」[34]。ジャーナリストのリン・ツィストが、ミュラーは「まさにこうした目的のために一九四九年に創設された機関である国連安全保障理事会の目ざしたものに合致したことが起こっているのです」と付言したと報じている。「この国連の真の機能が実現するまで、五〇年待たなければならなかったと彼は指摘した……この夢が成就したと認めて、ミュラー博士は涙を流さんばかりだった」[35]

その瞬間は祝福に値したが、夢は長つづきしなかった。それどころか、身を焼かれ、傷つけられた子どもたち、劣化ウラン弾で燃えあがる兵士たちの悪夢がやってきた。バグダッドの国立博物館の略奪と国立図書館の焼き討ちをアメリカが許したとき、歴史そのものが消し去られた。占領と暴動の月日のあいだ、米兵たちは一度に数人ずつを狙い撃ちにしていった。二月一五日に行進した数百万の人びとは、まだじゅうぶん成就していないなにかを代表していた。それは、ひとつの途方もない可能性として、開花を促してくれるなんらかの触媒を待つばかり。ここに政治と変革を新しい形で構想する力がすでにある。私はそれを覆い隠しているものを剝ぎ取ってみたい。

11　変革のための想像力を変革する

アクティヴィストの多くは、機械論的な変革の概念に囚われたり、怪しげなダイエット商品の能書きにあるような「楽して迅速な効果の保証」をあてにしているようだ。彼らは、確定性や絶対性、直線的な因果関係や即座の結果を期待したあげく、しかめ面やシニシズム、敗北主義、知ったかぶりの奥底に沈殿する失望の専門家になってしまう。すべての活動には等価で逆向きの反応がすぐさま返ってくるという前提に立って彼らは行動し、これがなければ失敗であると考える。結局、私たちの働きは、たいてい反作用なのだ。ブッシュがイラク侵略を決意する。私たちは地球規模の平和運動をつくりだす。ときには、目標が即時に達成されるように見えることもある。シアトルに到着して、WTO会議場を封鎖するといった具合である。だがシアトルに到着するまでの経緯は、何カ月もかけた組織化活動として語ることもできるし、あるいは、複雑な論点を要領よく理解し、一万人の封鎖参加者が知識を共有するなど、じゅうぶん練りあげ、広く浸透させるまで、一〇年かけて育てあげた運動の物語として語ることもできる。歴史は、共通の夢とうねり、転機と変わり目によって紡ぎだされる。歴史は、等価の原因と結果の連鎖よりも複雑な景観で、あの平和行動は、ブッシュによる治世の紀元をずっと超えて、はるか昔の時代に根を広げる原因から生まれたのだ。

結果は原因と釣り合うものではない。ときには、原因は大きいのに結果は無きに等しく思えることもあれば、小さな原因が大きな影響を生むこともある。ガンジーは、「まず、彼らはあなたを無視する。次に笑い者にする。さらには、あなたに敵対する。すると、あなたが勝つ」[36]と言った。それにしても、これら各段階はゆっくりと進展する。予期せぬ結果という直接行動の法則から予測がつくとおり、奴隷制廃止運動が飛び火して、最初の広範な女性権運動が生まれ、やはり同じくらい長い時間をへて、アメリカ女性の選挙権獲得につながり、それにつづく八四年間で、はるかに多くのものを達成した。しかし、それでもこれで完結したとは、まだ言えないのである。直接行動は、ちょっと街角の店へ買物にといったようなものではなく、暗闇への跳躍なのだ。

未来は、いつも暗い。

何年か前のこと、科学者たちが長期天気予報プログラムの開発を企画した。ところが、ほぼ同一の初期条件から出発しても、データとして想定すらできないほど極微で検知不能の変異により、まったく異なった気象が誘発されることが判明した。ある大陸でチョウが羽ばたけば、別の大陸の天候が変わるという有名なたとえに結論が落ち着いたのである。歴史は天候に似ているのであり、チェッカー〔チェス盤上の対戦ゲームの一種〕には似ていない（そして天のときを得るなら、あなたはあのチョウになれる）。いかにも複雑で移ろいやすい天気のように、熱波が海霧を消し、二、三日、焼けついた私の街が、雲でおおわれ、じめじめするという具合に、ちょっとしたことで逆転する天候。気まぐれで歩み遅く、しかも急変する空模様――。

チェッカーのゲームには終わりがある。天候が終わるということはありえない。だから何かをそのままに保持《セーブ》することなどできはしない。セーブするという言葉はほとんどあらゆる場面で持ち出される間違った言葉だ。イエスは救済《セーブ》し、銀行も金を預かる《セーブ》。それは変転する浮世の流れから、何かを取りよけておくということだ。私たちはクジラの絶滅を防いだかもしれないが、クジラを保護《セーブ》することなどできたわけではない。私たちヒトが先に絶滅しないとすれば、クジラが絶滅しないかぎり、その絶滅をいつまでも防がなければならないだろう。太陽が超新星になるまで、あるいはクジラが別種の生物に進化するまでやりぬいてこそ、じっさいにクジラを保護《セーブ》したことになる。蓄《セービング》えという言葉には、虫食いや錆《さび》を防げる場所に納めておくという意味合いがある。それは、危うく不安定な、変転してやまない、地上の生命活動というプロセスからの隔離を想定している。さて、生命はそれほど整理も決着もつかないもの。整然と決着しているのは死だけだ。環境保護運動の人たちが好んで使う、敗北は永続的であり、勝利は一時的である、という言葉がある。絶滅は死と同じく永久だが、保護は維持しなければならない。だが、生態系の修復がますます重要になっているこの世界で、いまでは敗北さえも常に恒久的ではなくなってきた。アメリカとヨーロッパのさまざまな場所でダムが撤去され、湿地と河川が修復され、一度は消滅した在来種が再導入され、絶滅危惧種が増殖されてきた。

アメリカ人は、危機に対応することに長けている一方で、その後はそのまま家に帰って新たな危機が発生するがままにしておくことにも長けている。それはどちらも、私たちが生の内部で死のような終局を実現できると夢想しているからだ。それは個人の人生においては「いつまでも幸せに暮らしました」というお話であり、政治や宗教においては「救済された《セーブ》」と表現されるものである。また、外国の多くの人びと（それに、ほかの時代のアメリカ人）が、政治は日常生活の一部であり、気晴らしでさえあると考えているのとは違って、私たちは、政治に参加するのは緊急のときだけと思っているからである。難問が消え去ってくれることは滅多にない。絶滅が危惧される鯨類の捕獲禁止には、たいていの国が賛成しているとしても、クジラの生息する海洋環境は、漁業衰退や汚染など、別の次元の脅威にさらされている。殺虫剤ＤＤＴは、アメリカ本国で禁制品になったが、発展途上の第三世界へ輸出され、製造業者モンサント社は別の企みに手を染めている。

家に帰ってしまうのは、まだ壊れやすく、保護と肩入れが必要な勝利を、早々に放棄するようなおこないである。生まれたての乳飲み子が無力であるように、勝利も、物事はかくあるべしといった文化の意識に組みこまれてしまうまでは、やはり無力なのだ。勝利は、単に悪の除去だけではなく、善の確立であると考えるなら、つまり、アメリカの奴隷制が廃絶されたあと、再建法〔南北戦争後の一八六七～六八年、南部諸州を合州国に復帰させるように定めた法律〕が公約した経済的公正を奴隷制度廃止運動が後押ししていたら、あるいは同様に、アパルトヘイ

ト の終結が経済的公正（または、何人かの南アフリカ人が言ったように、経済アパルトヘイトの終息）をも意味すると考えられていたら、どうなっていただろうかと、ときどき私は思う。

いつも家に帰るのが早すぎる。たいてい、大きな勝利とは拡大しつづけていくものであり、まだ完結していないからということだけではなく、影響力が広がりつつあるという意味でも未完なのだ。公民権運動のようなひとつの事件が、社会変革のための世界的に有効な言葉と道具箱を創りだす。だからこそ、その影響は運動の目標と特定の成果、さらには失敗をも超えて広がっていくのである。アメリカ国内では、いまだに保守派たちは公民権運動に対して戦い、それを自分たちの側に取りこもうとしている。これこそは、この運動がいまだに影響力を保っていることを示す、もうひとつの証拠だろう。左翼は反撃姿勢で突っ走るのを好む。だが、多くの戦線——性と生殖に関する権利、アファーマティブ・アクション（積極的差別是正措置）——において反撃しているのは、右翼の側である。もっとも、いつもうまくいっているわけではないとしても。

同性愛行為を犯罪化する法を最終的に無効化した二〇〇三年の最高裁判所の判決を、

あなたならどのように位置づけるだろうか？　月並みな見方をすれば法服をまとった九人の判事の手に権限があるということになるだろうが、革新的な人なら、テキサス州在住のゲイのカップルが、何年にもわたって私生活をさらけだすと決意し、裁判所に圧力をかけたことに言及するだろう。その一方で、文化生態学のような見方をすれば、国民に同性愛嫌悪を再考させた要因を吟味し、それが社会に変化をもたらし、最高裁判所はそれを追認したにすぎないと指摘することになるだろう。そのいずれも大事なことだ。街を貫く長大なコンクリートの掘割になっているロサンゼルス川は、そんな場所でも川は生き返ると信じる強情な夢想家たちのおかげで、また自然への理解に変化が生じ、行政官や技術者でさえも納得するようになったおかげで、これから数十年かけて修復されていくようだ。私たちは、つい先日までの私たちではないのだ。

12 直接行動の間接性について

友人ジェイミー・コルテスが、きみは希望と信仰の違いを考えなければならないと、私に言う。希望は裏づけがあってこそ、ありうることだが、つまり可能性が現実に転じた実績があってこそ、もちうるものだと彼は言う——そして私は、この本で、その実績のとらえ方を見直してみようとしている。一方、信仰は、予見できる将来に勝算がなくても耐えることができる。信仰のほうが秘教的である。ジェイミーは、アメリカの左翼には信仰がとてつもなく欠落していると見る。生きているうちに結果を目にしたり、実利を得たりすることを超越した、長期的な枠組みのなかで変化していくものごとに、信仰を結びつけるのである。私はそれに対して、かつての左翼と違って、いまは先住民の知識人とかカトリックの平和主義者など、変わり者がいっぱいいるし、だからたぶん、少なくとも一部は信仰をもっていると反論する。

アクティヴィズムは頼りない。迅速でもない。「直接行動《ダイレクト・アクション》」と書けば、街頭での対決、違法行為や市民的不服従をともなう衝突を表すかもしれないが、ほとんどの場合、それは直接的ではない。人びとが軍事行動と変わらない直接的な結果をイメージするのは、アクティヴィストたちが軍隊さながら街路を行進するからかもしれない。しかし軍隊は物質世界を攻撃し、物的財産を奪取する。アクティヴィストたちは街路を埋めつくしたり、ときにはバスティーユ監獄を占領したり、ベルリンの壁を倒したりもするが、彼らの活動分野は、ふつうは非物質的なもの、象徴的・政治的論議、集合的想像力の領域だ。無理やり口を挟《はさ》んだりもするけど、会話は会話。なにが起こるかわからないという意味で、すべての行為は信仰にもとづくものといえる。ただ望みをもち、目標に導いてくれそうなものなら、どんな知恵でも経験でも動員するのみ。

私がこのように確信するのは、直接行動を生きてきたからであり、直接行動を生きてきたのは、私が作家だからである。ひとり机に座って、文章をいじくりまわし、作品を送り出してきた二〇年にわたる文筆生活のあらかた、原稿を屑籠に放りこんでも、出版しても、たいして違わないありさまだったが、数年ばかり前から、作品が私のもとに戻ってきはじめた。あるいは読者が戻ってきはじめた。音楽家やダンサーは観客と向かい合い、ビジュアル・アーティストは鑑賞者の様子を探ることができるけれど、たいてい読書は執筆と同じようにプライベートな営みだ。書くことは孤独な営み。書くことは、故人や後世の人、目の前に存在しない人、見知らぬ人、読むかどうかもわからない読者、読むとしても、数週間、数年、数十年も先かもしれない、そういう読者との親密な対話である。一編のエッセー、一冊の本は、文化または歴史と言ってもよい長い対話に連なる、ひとつの発言にほかならない。あなたは、ずっと昔に沈黙してしまった何かに答え、または問いかける。あなたがそのような言葉を発信し、応答が返ってきても、あなたはすでにこの世にいなくなって久しく、聞くこともできないかもしれない――それも、まず第一に、だれかがあなたの言葉を聞くとしての話。

真価のある書物の多くは、世に出た当初、世界を揺るがすようなことはなかったが、後世になって花開くといった経過をたどってきたのである。これは、成果が間接的で、遅く現れ、目につきにくい仕事の見本だ。作家ほど望み多き者はいないし、作家に勝るギャンブラーはいない。ソローが一八四九年に書いたエッセー『市民的不服従』がようやく読者を獲得したのは、それが世界を変えた運動の一部として実践にうつされた二〇世紀のことだった（ソローの声は、彼が生きた時代にはほとんど耳を傾けられることはなかったけれど、一九六〇年代に北米大陸全体に木霊《こだま》して、いまだに私たちの耳から離れない。エミリー・ディキンソン、ウォルト・ホイットマン、ヴァルター・ベンヤミン、アルチュール・ランボーは、ソローと同じく、没してからずっと後の世に、それぞれの存命中にベストセラーを出した作家たちの墓がおおかた草に覆われるようになってから、最大級の影響力を発揮するようになった）。

　本を書く。種をまく。種はネズミに食べられるかもしれないし、腐るかもしれない。カリフォルニアでは、ある植物の種子は山火事に遭うまで発芽せず、数十年も休眠しているので、ときには山火事の跡地がもっとも豊かな花々で覆われる。シャロン・サルツバーグは、著書『信仰』において、仏教僧ウ・パンディタの教えを書物にまとめたいきさつを詳述し、その企画を〝ささやかな善行〔小乗〕の範疇〟の仕事と振り返った[37]。著者はずっと後になってから知った——同書と、そこに書かれた瞑想法とが、ビルマの民主化運動指導者アウン・サン・スー・チーにとって、独裁政権に自宅軟禁され、孤立していた「あのきわめて困難な歳月、みずからを支える霊的源泉になった」と。思想は行動になり、行動はものごとの秩序を形づくる、そこにいたる一直線の道はない。

みずからの行動が招く結果のすべてを、だれも知りようもなく、歴史は、驚くべきなりゆきで世界を変えてしまったささやかな行為で満ちている。一九八〇年代末、ネバダ核実験場という重大だが忘れられた歴史がいまも進行している現場に結集した数千人のアクティヴィストのなかに、私はいた。この場所で、アメリカ合州国および大英帝国が一〇〇〇発以上の核兵器を爆発させ、環境と健康とに深刻な被害をばらまいたのである（そして、ブッシュ政権が、批准を差し控えていた核実験全面禁止条約を完全に踏みにじって、実験を再開したがっている）。その日、アメリカ史上最大のものに数えられる市民的不服従行動が実行に移され、侵入者として一日に数千人規模で逮捕される目的をもって、私たちは実験サイトに徒歩で入りこんだ。そこでもやはり平和行進と同じように、歩いて入ることが政治行動の一形態になり、街頭の政治討論、パソコン作業や電話連絡、資金のやりくりなど、雑務をこなした後にくる、直接行動の喜びをともなうものになった。逮捕された群衆のなかには、クエーカー教徒、仏教徒、ショショーニ族先住民、モルモン教徒、多神教徒、アナーキスト、退役軍人、自然科学者たちがいた。私たちは、アメリカではほとんどニュースにもならなかったかもしれない。しかし、世界の反対側の目にはしっかり届いていた。

カザフスタンの詩人オルザス・スレイメノフがネバダ行動に啓発されて、一九八九年二月二七日、カザフ・テレビの生放送番組で詩を朗読する代わりに、カザフスタン共和国セミパラチンスクのソ連核実験場の閉鎖を要求する宣言文を読みあげ、集会を開こうと呼びかけた。翌日、作家同盟に五〇〇〇のカザフ人たちが結集し、やがて核実験場を閉鎖することになる運動を組織した。彼らは「ネバダ・セミパラチンスク反核運動」を名乗り、私たちと提携して行動した。この際の〝私たち〟は、西ショショーニ族先住民を含んでいた。ショショーニは私たちの行動を支持するようになったのだが、私たちとアメリカ合衆国政府は彼らの土地にいるとも指摘していて、カザフの人たちは彼ら先住民を同胞であると感じていた。

やがて、ソ連のセミパラチンスク核実験場は閉鎖された。ネバダで行動していた私たちがスレイメノフを啓発する役目を果たしたのだが、触媒となったのはスレイメノフで、彼が声をあげる基礎になったものは、詩を愛する国における彼の詩だった。ホルヘ・ルイス・ボルヘスによる素敵な寓話がある。一三世紀末のこと、神が檻のなかのヒョウに告げた――「汝はこの獄のなかで生涯を過ごし、死んでいくが、それは、我が知る人間が汝を何回か見かけ、忘れず、汝の姿と表象を世界の体系のなかに正しい位置を占める詩に留めるためである。汝は虜囚の身をかこっていても、その詩に言葉を与えることになる」[38]。その詩は『神曲』であり、ヒョウを見かける人間はダンテだった。スレイメノフが詩作をつづけたのは、ことによると、ある日、テレビカメラの前に立ち、詩のかわりに宣言を読み上げるためだったのかもしれない。さらに言えば、アルンダティ・ロイが魅惑的な小説『小さきものたちの神』を執筆し、国際的なスター作家になったのも、おそらく彼女が立ち上がって、ダムと企業、政治腐敗と地域破壊とに反対するとき、人びとが気づくようになるためだったのだろう。

あるいはたぶん、スレイメノフやロイたちが地球の破壊に反対したのは、この世界で詩もまた生き残れるようになるためだったのだ。二年前、友人が私の作品を評して、直接行動に終始せず、結末は叙情性に焦点を絞るべきだと強い調子で書いてきたので、次のように返事を出した――「不可視のもの、言葉で表せないもの、売り買いできないもの、人の手に負えないもの、地域的なもの、詩的なもの、規格外れのものを守るためでないとしたら、企業のグローバル化に抵抗する目的は、なんなのでしょうか？だから、そのようなものは、実践され、賞賛され、学ばれる必要があるのです。それも、いますぐに！」。そうした行動それ自体がレジスタンスの形態になると、私は書き加えてもよかった。実践において、直接行動と叙情性との両者はかならずしも別のものではない。核実験に反対するためにネバダに通った歳月のあいだ、私が体験したのは、砂漠でのキャンプ生活、灯火の美しさと景観の壮麗さ、友情と発見とにまつわるものでもあった。私がその場に与えたよりも、はるかに多くのものを、その場が私に与えてくれた。レジスタンスは義務として表現されるが、それは楽しみ、教育、啓示でもありうる。

ネバダ・セミパラチンスク反核運動の誕生の翌年には、ネバダ核実験場のすぐそばで開かれる平和キャンプに、早くもセミパラチンスクから何人かが参加するようになっていた。キャンプ中、ネバダと軍隊をテーマにしたワークショップに顔を出してみると、参加者は私ひとりだった。主宰者の男性は見るからにガッカリしながらも、たったひとりの参加者のために、いさぎよく勉強会を挙行してくれた。晴れわたった空の下、奥深い砂漠の岩と砂ぼこりとクレオソートの臭いの漂う茂みのまんなかに座り、ネバダ反核運動の偉大な世話人ボブ・ファルカーソンは、ネバダ州内の軍用地は全米のそれの二〇パーセントを占め、核実験の被害は州内にとどまるものではないと教え、その影響がおよぶ、はるか離れた土地への旅に私を誘った。いまでも彼は大切な友人であり、現在は、その二、三年後にみずから創設した同種のものでは州内でもっとも強力な環境・労働・人権団体を糾合した連合組織PLAN（ネバダ進歩的先導同盟）の事務局長を務めている。

ボブによる誘いから生じた結果が、私の人生を変え、拙著『野蛮な夢』の前半部が、核実験場、および世界を包みこむその歴史の連鎖について記されてるといったふうに、著作にもおおいに関係することになった。また、同書が出版される前にも、核実験場とボブが教えてくれたことについてのエッセーを書き、それが五〇万部発行の雑誌に掲載された。数年前、別の春季行動に参加するために、核実験場を再訪すると、授業で『野蛮な夢』を読んで、ネバダ行きを決めたというワシントン州エバーグリーン大学の学生たち数人に出会った。運が良ければ、ヴァージニア・ウルフの暗闇に灯火をもちこめるし、本当に運が良ければ、その日の私のように、ときには灯火を手渡した相手に会うことができる（そして礼儀正しければ、灯火を手渡してくれた人を憶えていられる）。エバーグリーンの若者たちがいっぱしのアクティヴィストに育ったのか、帰宅途中の衝突事故で死んでしまったのか、私は知らないが、私にとってのボブのように、彼らにとっての私は、彼ら自身の人生に詩のひと言かふた言を吹きこむヒョウであったと知っている。ボルヘスの寓話にはつづきがある。ダンテは、死の床で、彼の人生と業績の隠された目的を神に告げられる。「ダンテは驚きに打たれて、彼はだれであり、何者であるかをついに知り、己の人生の苦さを賛美した[39]」

作家プリーモ・レーヴィが、ある日のアウシュヴィッツで、友を前にダンテの『神曲』「地獄篇」の詩篇を朗誦すると[40]、六〇〇年のときを超えて地獄についての詩がよみがえり、レーヴィの絶望を退け、奪われた人間性を回復した。それはオデュッセウスについての歌で、結末は悲劇的だがその中にはこんな詩句がうたわれている。「おぬしらが造られたのは、獣のように生きるためではない／雄々しさと知識を追い求めるためぞ」。これをレーヴィは朗唱し、共に歩く者のために翻訳した。レーヴィは生き延び、彼自身の奇跡的な書物、まさしく文字どおりアウシュヴィッツにちなんだ詩を書いた。

ドイツ系ユダヤ人であり、分類も比較も不可能な随筆家にして思想家であったヴァルター・ベンヤミンは、一九四〇年に、友人に宛てた最後の書簡に、「ぼくたちが論文を刊行してもらえるとすれば、その一行一行は——それを委ねる未来がどんなに不確かなものであろうと――闇の力に抗して勝ち取った勝利なのだ」[41]と書いた。

13　もうひとつの歴史の天使

ベンヤミンは、いつもそんなふうに楽観的であったわけではない。著作『歴史の概念について』のもっとも有名な一節に、彼は書いている——。

歴史の天使はこのような様子であるに違いない。かれは顔を過去に向けている。ぼくらであれば事件の連鎖を眺めるところに、かれはただカタストローフのみを見る。そのカタストローフは、やすみなく廃墟の上に廃墟を積みかさねて、それをかれの鼻っさきへつきつけてくるのだ。たぶんかれはそこに滞留して、死者たちを目覚めさせ、破壊されたものを寄せあつめて組み立てたいのだろうが、しかし楽園から吹いてくる強風がかれの翼にはらまれるばかりか、その風のいきおいがはげしいので、かれはもう翼を閉じることができない。[42]

ベンヤミンの解釈では、歴史とは事象が生起する対象となる存在であり、イメージの荘厳さのみにかろうじて救いがある、絶望の表情をうかべた生き物なのだ。ベンヤミンが『歴史の概念について』を執筆したとき、第三帝国の嵐が彼の頭上に吹きすさび、その年の遅く、彼を滅ぼしてしまったことを考えれば、彼が悲劇的で固定的な歴史像を描いたのはなぜかを想像するのはむずかしくない。さらにいえば、悲劇は魅惑的である。なんと言っても悲劇は美しい。生き残るほうが滑稽《こっけい》なのだ。最高の芸術を生みだすのは、前者である。でも、私としては、別の天使、喜劇の天使であり「もうひとつの歴史を見せる天使」を推薦したい。

（これも、ボブ・ファルカーソンとの出会いの結果のひとつ）私は、数年間、ネバダの州全域にまたがる非営利の環境・反核グループ「シチズン・アラート」の理事を務めていた。この団体の資金集めのための一文を書くさい、映画『素晴らしき哉、人生！』のあらすじを借用した。映画に、クラレンスという、きわめて非英雄的な名前の天使が登場する。この天使は不幸せであるが、落込みもせず、希望をもち、どこか間が抜けていた。クラレンスは、映画の主人公に、彼、主人公がいなかったとすれば、世界がどうなってしまっていたのかを見せる。これこそは、私たちの行動の効果を測る唯一の確かな方法である。だが、その結果はどうにも知りようがない。だから、フランク・キャプラ監督の映画は、急進派の歴史の見本になっている。天使クラレンスの顔は、次に、決して来ることがないもうひとつの未来に向けられる。開発業者、国防総省、エネルギー省がネバダ州に押しつけるユッカ・マウンテン核廃棄物投棄場計画など、さまざまな非道な計画に対して闘うこの団体がなければ、ネバダがどのような様相になっていたかを、私は資金集めの手紙に書き記した。結局、環境保護のたいていの勝利は、なにごとも起こらなかったように見えることなのだ。土地を陸軍に併合させず、鉱山を開かせず、道路を分断させず、工場廃液を垂れ流させず、したがって子どもたちが喘息にもパニックにもならず、苦しそうに息をすることもなく、晴れた日に屋内に閉じ込められることもなかったこと、というふうに。ほとんど忘れられてしまったけど、シチズン・アラートの最大の勝利は、一九八〇年代、MXミサイル計画の阻止である。[43]これが実施されていれば、全面核戦争にさいし、ネバダ州東部とユタ州西部はソ連のミサイルを惹き寄せる巨大な犠牲地域に（しかも、自然のままの砂漠が舗装され、ミサイルが動き回る核の運搬路に）なっているはずだった。

ベンヤミンの天使は、歴史とは身に降りかかるものだと語るが、もうひとつの歴史の天使は、私たちの行動には意味がある、現実になったことも、ならなかったことも含めて、いつも私たちが歴史をつくるのだと語る。現実とならなかった悪行を見ることができるのは、あの天使だけだが、私たちにも、結果をもっと詳しく調べることがうまくなれるはずだ。けれど、私たちは見ようともせず、急激な変化がたちまち既成事実になってしまう。若い女性たちはセクシュアル・ハラスメントやデートレイプが新種の用語だと知らないことが多い。一九六七年から七七年にかけての世界の天然痘根絶を、話題にする人がいるだろうか？[44] 私たちがもっと行動していれば、世界は疑いなくもっと良くなっていたはずだけど、私たちの行為が、ときには世界がもっと悪くなるのを防いだのである。

シエラ・クラブが闘わなかったら、シエラネバダ山脈の西側山麓は、ディズニー社所有の巨大なスキー複合リゾート、ミネラルキングになっていたはずだ。東側にあるモノ湖は、数十年にわたりロサンゼルス市に取水されてきたが、流入河川が修復されて昔の水位を戻しつつある。モノ湖委員会という団体が、一九七九年から九六年までの歳月、湖水面の回復を命じる判決を求めて裁判闘争を担いつづけ、いまでも湖の環境を保護するために活動している。そこから南、オールドウーマン山脈の近く、モハーヴェ砂漠にワード渓谷があり、そこに低レベル放射性廃棄物の投棄場が計画され、放射能が自然全体に漏れ出すはずだった。数年前に投棄場計画を断念に追いこむまで一〇年にわたって、地域先住民の五部族、その他の地域住民、反核運動のみごとな連合が、科学的事実を根拠に砂漠と法廷で闘った。西テキサス・メキシコ国境には、シエラブランカというラテン系住民の集落があり、そこにも別の核廃棄物投棄場計画があったが、頓挫した。東に向かって、オクラホマ州では、世界の二三パーセントの産出高を誇っていたウラン鉱山があったが、「汚染のない環境を求める先住アメリカ人たち」という団体を含む環境保護グループとチェロキー・ネーションとが閉鎖に追いこんでしまった。これらすべての場所は、「不在」の、あるいは少なくとも「荒廃の不在」の場所であり、見るべきものがなにもない無数の場所のほんの数例だ。そして無こそが勝利の姿であることは珍しいことではない。

歴史の天使は「すさまじい」と言い、こちらの天使は「もっとすさまじくなっていたはずだ」と言う。両方とも正しいにせよ、後者は行動の根拠を与えてくれる。

14　カリブーのためのバイアグラ

旧約聖書の神は変化のない道徳世界を荘重な手で支配する。私の信じる私たちの世界の主宰者は、破壊者ではなく、それに代わる存在、好色で浮かれ者、当意即妙なトリックスターで、破局に迷いこんだと思えば生還してくるアメリカ先住民の神、コヨーテである（その遠い子孫というべきチャック・ジョーンズのコミック・キャラクター、ワイリー・コヨーテにも多少の共通点がある）。先住民族の創世神話の多くは、そのはじまりに完全な世界を描くことはない。その代わりに、弱点があって滑稽な造物主が世界を創造し、しかも創世の仕事が完成することはない。その世界では、エデンの楽園もなければ堕落もない（だから、白人たちが、堕落の前のエデンのような情景のなかに先住アメリカ人たちを置きたがるのは、皮肉であり、滑稽でさえある）。ヤハウェの世界では、善人のみが善を行い、徳のある人だけが報われる。コヨーテの世界はもっと複雑だ。

例を挙げれば、バイアグラが絶滅を危惧される動物に良いということがわかってきた。中国医学の漢方では、アオウミガメ、タツノオトシゴ、ヤモリ、ズキンアザラシ、タテゴトアザラシや、カリブーの生えたての枝角である袋角といった動物器官が、性欲減退と勃起不全に処方されてきたが、この新薬のおかげで需要がなくなったのだ。バイアグラの究極の効果が、地球上から絶滅する危機に瀕した動物の生存にあるのかもしれないとしたら、世界の不思議な展開のなかで、これ以上に滑稽な形のものがほかにあるだろうか？　バイアグラ漬けの性愛の苦労は、利己的どころか、カリブーの袋角がもはや刈り取られることがなくなり、柔らかいままに生命力の血が流れ、小さな木のような枝角にまで育つようになるための秘かな企てだということだろうか？　シロッコ風は、アフリカの砂漠からヨーロッパの湿潤地帯に砂塵を運ぶが、コヨーテの屁《へ》のごとく強力で、道徳を超越した別種の風は、中国の閨房《けいぼう》から北極圏ツンドラへと効能を運ぶ。

多くの場所で動物たちが戻ってきている。イエローストーンではオオカミが復活した。私の友人チップ・ウォードが問うように、かつてオオカミを非常に恐がって憎み、一度は必死になって駆除したのに、今度はその姿を見、声を聴きたいと切に願って、同じ場所に復活させるとは――私たちヒトは、いったいなんという性質の生物になってしまったのだろうか？[45] グレートプレーンズのバッファローは、一八七〇年代の大絶滅を経て、最近はそれ以降で最大の個体数を記録するようになった。どのみち一帯の人口が失われつつあることも手伝って、全長数百ないし数千マイルにおよぶ〝バッファロー保留地〟構想が実現するかもしれない。ソローの時代には見渡すかぎり農地だったニューイングランドも、早くもロバート・フロストのころには野生化して森林が回復し、シカ、ムース、クマ、ピューマ、コヨーテ、その他の動物が群をなして戻ってきている。コネチカット州ライムの郊外にちなむライム病が全国的な問題になったのは、主として、シカの個体数が爆発的に増えて、郊外にまで棲息地が広がり、ニューイングランドからロサンゼルス近郊の渓谷まで、至る所で見かけられるようになったからである。原生のままの自然がそっくり復活することはなく——リョコウバトが空に飛びたつことは二度とないが——それにしても、これはだれの予想をも超える事態ではあった。オオアオサギは、ニューヨークのセントラル・パークでも、ゴールデンゲート・パークでも巣作りし、コヨーテは各地の都会地へどんどん進出し、私の家の窓からは電線にとまったカラスがみえる。イギリスではオオカミが一八世紀の半ばに、クマはその数世紀前に姿を消した。人びとはオオカミ、クマ、オオヤマネコ、バイソン、イノシシといった、過去数世紀間に消えた大型動物の再導入について議論しているが、昨年にはすでに先回りしている動物がいることが判明した。読んだ話によると、イギリス南西部のディーンの森と呼ばれる地域のイノシシの群れが境界を越えて分布を広げ、真の野生動物としての生活を取り戻しているということで、群れとしては四例目だそうだ。二世紀前に絶滅したオオカミを再導入したいと語るアイルランドの野生動物保護区の管理者とも話をしたし、この肉食獣を頂点にした野生の世界をスコットランドの広大な地所に実現したいと望む地主たちの話も読んだ。ネイチャー・ライターのジム・クラムリーの言葉を借りれば、「スコットランド最後のオオカミはまだ生まれていない」[46]のだ。環境歴史学者リチャード・ホワイトは、シアトルのワシントン湖にベニザケが数十万匹規模で回帰し、人びとは熱狂的に歓迎していると語る。[47]ただし、それは太古からのサケの遡上《そじょう》が回復したのではないと、ホワイトは言う。そのベニザケは、ワシントン大学の科学者たちが放流した地点に帰ってきた人工孵化《ふか》のものだった。河を遡《さかのぼ》るベニザケが、純然たる太古からの姿の回復ではなかったとしても、ある種の野生を呼びこむ余地のある未来のひとつの形である。「そこには、純粋さをあきらめるに値する希望がある」とホワイトは述べる。

もうひとつの歴史の天使は、目に見えないものを信じることを求める。コヨーテは、世界の基本的な奇抜さ、そのユーモア感覚、その活力を信じなさいと求める。道徳的世界観では、善は美徳によって達成されると信じるが、ときには、陸軍基地が事実上の野生保護区になったりする。またときには美徳が無惨に失敗する。ときには、ラスベガス流儀のカジノが先住アメリカ人の認知度を高め、政治力を与える。ときには、企業や軍隊が彼らにも利益があるという理由でアファーマティブ・アクションを求めたりもする。

米軍によって発明されたインターネットは、分散型の情報伝播と市民運動組織化の道具として、おそらく反軍運動の最強の武器のひとつになっている。インターネットはコンピュータを活用しなければならないし、通常は電力・電話回線網との接続、そしてそれらを使いこなす技能が不可欠で、エリート主義者の道具に堕しうる（もっとも、放浪生活をしている友人の話では、タイ、ボリビアなど、世界の最貧地帯のどこへ行っても、増殖中のインターネット・カフェに若者たちが群がっている)。だが、サパティスタ革命こそが本格的なインターネット活用の最初の事例であったし、WTOシアトル会合に対する封鎖行動では、インターネットによる情報交換が、組織化を進めるのに重要な意味をもっていたし、二〇〇三年の世界的な反戦運動でもそれは同じだった。低俗なポルノ・サイトが半分は占めていると思えるときもあるが、それでもこういった扉を開いてくれるメディアについてどんなことを語ればいいというのか？　つまりはこういうことだ。コヨーテは、道徳的潔癖さとか杓子定規な役割といったものには小便を引っ掛けてはばからないのだ。

15 楽園からの脱出

完成は可能性を打ち据える杖である。完全主義者はすべてに欠点を見つけるので、この点で、左派より高い判定基準を掲げる者はいない。二〇〇三年一月、共和党のイリノイ州知事ジョージ・ライアンが一六七件の死刑宣告を覆し、同州の死刑囚全員の執行猶予を決めた。私たちなら、フットボール優勝チームみたいに頭からシャンペンをかけあってお祝いするのに、重箱の隅を突つくように粗探しをした急進派の論客たちがいた。それにしても、この運動には喜びとお祭りの要素がたっぷりあって、昔ながらの顔触れとのギャップは広がる一方だ。たいていの場合、全面勝利でなければ、なんでも敗北という、せっかくの勝利の可能性を見くびって、はじめる前から簡単に失敗を招いてしまう前提に立った完璧主義者の不機嫌がその種である。ここは地上であって、天国になることはありえない。いつも残虐行為はあるだろう。いつも暴力はあるだろう。いつも破壊はあるだろう。たったいま、とてつもない荒廃がある。あなたがこの本を読んでいるあいだにも、何エーカーもの熱帯雨林が消失し、生物種が絶滅し、人びとはレイプされ、殺され、奪われ、かんたんに予防できたはずの原因で死んでしまう。あらゆる時代のあらゆる荒廃をきれいさっぱり解消することなんて、私たちにはできなくても、荒廃を緩和し、非合法化し、その根元や基盤を掘り崩すことはできる。それが勝利なのだ。より良い世界を築くことはできる。完璧な世界はありえない。

ずいぶん前のことだが、私はパンク雑誌『マキシマム・ロックンロール』に数本の呼び物記事を執筆した。あるとき、女性の権利について書くと、偏屈男からの投書に、以前は男一ドルに対して女が六六セントしか稼いでいなかったが、いまは七七セントも稼いでいて、それでなんの文句があるのか、というのがあった。七七セントは六六セントよりも良いが、それでも充分ではないと理解するのは、別に難しくないはずだ。だが、私たちが手にしている政治は哀れなほどに二極化している。七七セントを勝利と考え、勝ったのだから、これで潮時だろうと闘いを止めるのか、あるいは七七セントでは全然駄目だ、アクティヴィズムは何の成果も生んでいない、だとすれば闘う意味はどこにあるのか、というふたつの立場に話が収まってしまう。これはどちらも、硬直しているがゆえの敗北主義である。このふたつの主張に欠けているのは、自分たちがまだ旅の途上にあり、目的地には着いていない状態であること、そこには祝福する理由も闘いを続ける理由もどちらもあるということ、この世界は常に創造の過程にあり、完成などしていない世界だということを、認識する力だ。欠けているのは、ヤハウェの世界に代わるコヨーテの世界の感覚なのだといってもよい。

南アフリカでは、数十年にわたる、ありとあらゆる形の英雄的闘争のすえ、アパルトヘイト体制は打倒されたが、いまだに経済的公正は達成されていない。これは七七セントの勝利だった。バツラフ・ハベルは、共産主義権力にとっては十分すぎるほどの批判者だったが、チェコスロバキアの大統領、そして分離後のチェコ共和国の大統領としては、せいぜい七七セントの値打ちの政治家にすぎなかった。シアトルの落書きは「われわれは勝利しつつある」と言っていたのであり、「われわれは勝利した」とは言っていなかった。うぬぼれなしに達成を感じ、敗北感なしに問題意識を感じることができる言い方である。たいがいの勝利は、どこか一時的だったり、未完成だったり、妥協の産物だったりするが、たまに訪れる驚くべき勝利と同じくお祝いに値する。ただし、立ち止まってはいけない。いつの日か、たとえ一ドル対一ドルの平等を達成するとしても、それは別の課題に取りかかる自由を与えてくれるだけの話である（アメリカでは、女性の賃金水準は男性のそれに比べて上昇してきたのと同時に、一九七〇年代以降、大多数の就労者の賃金および経済的な安全性は全般的に目減りしている）。「ユートピアは地平線上に見えている[48]」と、ウルグアイ人作家エドゥアルド・ガレアーノが断言している。「私が二歩近づけば、それは二歩遠ざかる。一〇歩前へ進めば、さらに一〇歩遠ざかる。それでは、ユートピアはなんのためにあるのか？　私たちを前向きに歩かせるためである」

ユダヤ・キリスト教文化の中心には、エデンの園と原罪の物語がある。それは完成と喪失の物語であり、おそらく完成信仰というものは、深い喪失感を伴っているのだろう。保守的な人たちは、昔はだれもが正直で、神を畏れ、身なり正しく、核家族に満足していたなどと、歴史をきちんと読めば嘘だとすぐわかるような懐古談にふける。かたやアクティヴィストたちは、ユダヤ・キリスト教の遺産をみずからの失楽園として罵倒しながらも、やはり楽園物語に傾いていることが多い。もっとも、彼らの楽園は、母権制社会であったり、菜食主義であったり、あるいは古典的社会主義が夢見た技術ユートピアの裏返しであったりするかもしれないが。しかも、彼らは可能性を完成と比較し、いつもいつも、前者の欠点を後者に引き比べてあげつらう。楽園は、静止した場、歴史がはじまる前、または歴史の終焉の後、敵対と波乱と転変がない場所としてイメージされる。その前提は、完成が到来すれば、もはや変化は必要ないというものである。この完成という考え方に立って、人びとは救済を信じ、家に帰ることができると思いこむ。行動を信じるにしても、毎日の実践ではなく、特別な危機への対応に限られる。

蛾《が》などの夜行性の昆虫は、月や星を頼りに飛ぶ。虫たちが地表からそれほど高く飛んでいなくても、天体が方向を決めるのに役立っているのだ。ところが、電球やロウソクが間違った方向に誘い、虫は熱源や炎に飛びこんで死んでしまう。こういう生物にとって、到着は災難そのものである。アクティヴィストたちが、天国を、地上で進路を見定めるためのひとつの考え方ではなく到着しなければならない目的地であると誤解すると、みずから燃えつきるか、さもなくば全体主義者のユートピアを築いて、異端者を火あぶりにする羽目になる。電球を月と間違えてはいけない。人類が月面に着陸しないかぎり、月は無価値だと信じてはいけない。月を詩に謳ってきた幾千年の歴史があるのに、三〇年かそこら前、宇宙服の男たちが旗やらゴルフクラブやらを手にして、月面をドタドタ踏み歩いた姿ほどに殺風景なものはなかった。私たちが着陸しなければ、月は深遠なのだ。

楽園とは、到着すべき場所ではなく、そこへ向かう旅なのだ。勝利は暫定的かつ未完成でなければと、ときどき私は考える。どのような種類の人間が、楽園で生きられるのだろうか？　工業先進国は郊外住宅地区を楽園に近づけようと試み、華美と平穏と快楽を求め、袋小路、ケーブル・テレビ、車二台のガレージを整えて、心地よい倦怠を生みだし、それがしだいに絶望と魂の衰退に転化して、楽園がそのまま収容所であることをうかがわせるようになった。絶望した無数のティーンエージャーたちは、そう主張するだろう。楽園は、勇気や無私、創造性や情熱を私たちに求めないために、あらゆる意味で受け身で、鎮静剤的で、本当に目を凝らせば、魂が見当たらない場所である。

だから、詩人ジョン・キーツが、苦しみに満ちた世界を「魂を培う現世」[49]と詠《よ》んだ。危機が、しばしば私たちの最善を引き出すのである。想像力豊かなキリスト教の異端論――幸運な堕落の神話――のいくつかは、イブが私たちを楽園から解き放ったと解釈して、彼女を崇拝した。異端論は、堕落前の私たちは人間になりきっていなかったと考えた。楽園のアダムとイブは、道徳、創造、社会、死すべき運命をめぐって苦闘する必要がなかった。彼らは、不完全な世界が招く闘いを通してはじめて、みずからの人間性を理解する。イラク戦争が勃発したとき、あの開戦日当日、私たちはサンフランシスコで中心街を封鎖し、街路や橋、ハイウェイを遮断した。その後も、その行動を繰り返し、それを何週間もつづけた。あのすべての確信や情熱の中には、私にひときわ強い印象を残すものがあった。それは、反戦行動のオーガーナイザーのひとり、ゴパール・ダヤネニが、逮捕された理由を新聞記者に尋ねられて答えたことだ。「ぼくには魂があるからだ」と彼は答えたのだ。[50]

最近のアクティヴィズムの流れにおいて、勝利とははるか遠くにある完全無欠の状態ではなく、それを成就しようとすること、つまり月面着陸の成功ではなく、飛翔することにあるという見解が浸透してきている。この見解に沿った理念と実践とが、いくつも姿を現し、可能性を現実のものにしている。「予示的政治」という用語が使われるようになって久しいが、これは、あなたが熱望するものを体現すれば、すでに成功しているという考え方を表す。つまり、あなたのアクティヴィズムが、民主主義と平和主義にもとづき、創造力を備えていれば、世界の一隅で、それらの価値がすでに勝利しているのである。この型のアクティヴィズムは、単にものごとを変革するための道具箱であるだけではなく、居所を定め、あなたの信念に従って生きるための本拠地《ホーム》となる。たとえそれが一時的で局地的な場であるとしても、これこそが参加の楽園であり、魂が培われるこの世の現実なのだ。

押しつけによってだけではなく、ひらめきと触媒作用とによっても同じように変化は起こることを理解しているアクティヴィストたちにとって、これは重要な信念である。アクティヴィズムを描写するにはふた通りの基本的な系統があると言ってもよいが、ひとつは、問題そのものの外の状況を変革する試み、そしてもうひとつはより良いなにかを築く試み。これらふたつは、不可避的、必然的にひとつに撚り合わさるが、まさにその点に予示の政治学の核心が宿る。この考え方は、ヴァルター・ベンヤミンが次のように予示している――「階級闘争は……露骨で物質的な事物をめぐる戦いであり、これなしに、洗練された精神的な存在はありえない。それでも、階級闘争の場で後者の存在が感知されるのは、勝利者の手に落ちる戦利品の形としてではない。精神的存在は、この闘争における勇気、ユーモア、抜け目なさ、不屈さのなかに、おのずから現れる」[51]。精神的な存在は旅の途上至る所にあり、到着は、少なくとも魂の資産のためには良くて期待外れ、悪くすれば取り崩しである。

一九九〇年代後半のイギリスを騒がせた〈路上を取り戻せ《リクレイム・ザ・ストリーツ》〉（RTS）は、これを見事に体現する運動だった。RTS主催の街頭パーティの背後にあった前提は、彼らが抗議している対象が孤立や疎外、私営化であるなら、公共の場で開く自由参加のパーティは、単に抗議の手段であるばかりか、ひとつの解答、つまりハキム・ベイの言葉を使えば「一時的自律ゾーン」だということらしい（ベイは、こうした解放の瞬間を、革命そのものと完全に対置して捉えていた。彼によれば、革命は「予期されるペテン、全員一致の合意にもとづく路線、つまり回帰、反動、背信、さらには強大で抑圧的な〝国家〟の創設につながる。……このペテンに騙されなければ、叛乱は外へと向かい、あの隠された悪循環以外の何物でもないヘーゲル流の〝進歩〟を超越する運動の可能性を示唆する」[52]）。RTSおよび「道路反対運動」は、イギリスのいわゆる脱工業化の動き――日常生活に浸透する私営化、まだ生きている景観と地域社会とに押しつけられる怪物道路や高速道路――に対決していた。

素晴らしい瞬間がいくつかあった。たとえば樹上に住みついた人たち。伐採を防ぐための戦術として、彼らは樹上で郵便物を受け取り、居住権を確立した。RTS主催のパーティが、ハイウェイの陸橋に繰り出し、背高のっぽの竹馬貴婦人の巨大なベル・スカートのなかにこっそり削岩機をもちこんで、レイブ音楽の大音量に紛れてコンクリートに穴を開け、木を植えた。ロンドン市街地の路上で開かれた、どでかい規模のパーティが、世界中のアクティヴィスト・グループと連動して、地球規模の反資本主義デモ行動になった。ユーモアと創造性、狼藉《ろうぜき》、そしてあふれんばかりの活気といったものが、このグループの数あるお家芸の一端だった。RTSは、絶頂期を超えて存続することこそなかったが、それも時代は巡り、焦点はほかに移っていくと認識していたからであり、消滅自体がある種の勝利だった。そのかわりに、RTSの燃えあがるカーニバル精神、地球規模のインターネット情報伝達、そして暫定的勝利をめざす戦術が、その後に登場したグローバル・ジャスティス運動の持ち駒として引き継がれた。RTSは自己分解して土に還り、そこから新しい花が芽吹いたのだ。

ある日、カリフォルニアにいる私が耳にするのは、「楽園の瞬間が訪れない日は一日もない」という、アルゼンチン人ホルヘ・ルイス・ボルヘスの句を引用するアイルランド出身の禅者の言葉だ。そして、その日もまた続いてゆく。

16　大いなる分断を越えて

詩人にして論客ジューン・ジョーダンが、かつてこう書いた――。

われわれの魂の宝石を、なにひとつ失わないように気をつけなければならない。いま、私たちは、世界を二分して必要もない争いに巻きこむ、白人のアレかコレかという思考システムを、まず拒否することからはじめなければいけない。たとえば、マルコムX、キング博士のどちらか一方を選ぶとすれば、それは悲劇であり、ばかげてもいる。両者のそれぞれが、われわれの苦しい境遇の異なった側面に対して体当たりで挑み、われわれが進めている闘いに、ふたりとも文字どおり命を捧げたのだ。われわれには、すべての人が、われわれの存在全体が必要なのだ。[53]

ジョーダンが私たちに求めるのは分断を手放すこと、それによって自分たち自身と党派主義を乗り越え、違いは必然的に対立であるという憶測を克服することだ。現代のアクティヴィズムもそう求める。

私が素描を試みた千年紀の到来は、もうひとつの角度から、私たちの世界観を規定してきた二極対立概念からの離脱として語ることもできるだろう。ソビエト陣営の崩壊は、資本主義と共産主義とに決定づけられていた世界規模の紛争や政治的膠着状態、いわゆる久しく続いた東西対立がようやく解消したことを意味していた。さらにその五年後、サパティスタが登場し、資本主義、共産主義のどちらにも与《くみ》せず、両者ともに個人、共同体、地域社会から権力を奪う手段であると、言外に主張する政治論を提示した。対立は、たいてい錯覚にすぎない。たとえば、昔ながらのアリストテレス学派とプラトン学派との区別は、道教隠者とシャーマンの違いに比べれば、両者似たりよったりであることを見過ごしている。ジェンダーは、かつて決定的に対極的な二項のものと思われていたが、いまでは身体の構造と相互関係と指向の連続体として見直されている。

　時代遅れになったもうひとつの二極概念が、右翼と左翼である。いまだに重用されているこの区分けは、はたしてなにを意味しているのだろうか？　これは、一七八九年革命の数年後に開かれたフランス国民議会における党派分布に由来する。議場の左側に、急進派が多かったので、後々までこちらが左派と呼ばれるようになった。しかし、座席配分は一八世紀以降のあいだに変化してきた。とくに最近一五年間、大きく変わった。たぶん、私たちはついに席を立って、新しいどこか未知の世界をめざし、移動をはじめたのだ。「左派」という用語には、社会主義やユートピア的理想主義というお荷物がぶらさがっている。ときには、急進派や革命家を説明する言葉としては、いまさらそぐわない（それどころか、まったく論外の）権威主義というおまけまでついている。アナーキストと共産主義者との違いが、アリストテレス学派とプラトン学派との違いよりずっと大きいということもありうる。左派である自認とその遺産を引き受けることのみを除いて、左翼政治綱領の細目まで後生大事にしている人もたくさんいる。

　共和党は従来右翼的と思われていたものからもう少し全体主義寄りの何かに傾斜し、イギリスの新しい労働党《ニュー・レイバー》政権はかつての左翼党派からの変貌ぶりに中道から最悪の評価をされ、いずれの陣営にも異論を唱える者がいる。これまでにも不思議なできごとはあった。環境保護に逆行する目標を掲げる動物愛護運動家とか、中絶反対論者やポルノ作家の言論統制に加担するフェミニストとか。こうしたことからもわかるように、現在の政治的立場はふたつではなく、とても多くあり、旧来の用語法では私たちの目を塞ぐだけである。

右・左という標識がなければどんな提携や連帯が生まれるのだろうかと、私はしばしば思いめぐらしてきた。たとえば、近ごろのアメリカ民兵運動は、家父長制や国粋主義を信奉し、懐古趣味や銃器愛好を特質とし、国連を敵視する奇妙な妄想を抱いていたが、私たちとどこか共通するところもあった。彼らは地域性を尊重し、それが多国籍企業に呑みこまれてしまうことを恐れていたのだ。銃を使って訓練する男たちは、私たちの同志と見なすには、あまりにも不気味だが、彼らも、生計と地域社会とが押し流されるのを見つめている人びとの疎外や疑念、恐怖といった心情の大波に浮かぶ儚《はかな》い泡だったと考えられる。私たちが、波にもまれる人びとに直かに話しかけ、共通の土台を見つけていたならば、右でも左でもない真に草の根と言える立場を築いていたならば、どんなことが起こりえただろうか？　いかに地域の力が絞り取られてきたのか、だれが奪っているのか、それについてなにをすればいいのか、私たちなりの言葉を彼らに語っていたならば、どうなっていただろう？　私たちには広範な基盤が必要だ。私たちには、いままで左翼が代弁し、働きかけてきたよりも、もっと多くの人びとに語りかけるための方法論が必要だ。

当時はまだプラスチックの馬で遊んでいた私の目に、一九六〇年代後半という時代がどれほどややこしいものとして映っていたかは深入りしないが、たしかなのは、カウンターカルチャー的な左翼が進歩派の政治運動を乗っ取り、たいていの勤労生活者が距離を置かざるをえないものに変質させてしまったと思えることだ。私は、「レッドネックとホワイトトラッシュ」を軽蔑するように促す、その種の左翼的な風潮の中で成長した。つまり南部の白人労働者階級の一部が抱える人種差別は、それ以外の場所に暮らす中産階級にとっては、階級闘争をつづけつつ、同時に進歩派を自認するための格好の道具になっていた。アクティヴィストとは、温室育ちの冷笑屋で非国民、ときに暴力的になる短気な連中というイメージ、つまりメディアが六〇年代の白人急進派について作りあげた固定観念を払拭するためにいまだに苦労している。ただし、現代のすべてのアクティヴィズムが、衆目を集めた公民権運動から、いまも健在な草の根活動まで、六〇年代のそれ以外の姿に恩恵を受けているのは言うまでもない。

そして、それこそが、一九九九年のシアトルが意義深い出来事である理由のひとつだった。つまり労働組合の存在は、アメリカのブルーカラーと環境保護運動家、アナーキストたち、先住民運動家、それに韓国やフランスの農民たちとの幾許かの歩み寄りを示すものだった。世界中の農民たちが自由貿易に蹂躙《じゅうりん》されたために、その多くが先鋭化し、新しい連携や新しい直接行動を生みだし、一億人のメンバーを擁する「ビア・カンペシーナ（農民の道）」などの合同運動を組織した。メキシコのアクティヴィストたちがチアパス州を訪問して、先住民社会との共通基盤を見つけたとき、すばらしい連携関係が誕生したのとまったく同じように、農民のジョゼ・ボヴェとその仲間たちは、フランスの田舎で同じような連携を構築する革命家になったと、アクティヴィストにして理論家のジョン・ジョーダンは指摘する。アメリカの西部でも、それに似たなにかがはじまっている。同じ開かれた心を分かちあうなにかであり、呉越同舟の政治的な仲間たちの最良部分が楽しく交流し、たがいの違いを調整する連携である。左翼と呼ばれる存在はしばしば「正しさ」を眼目に掲げてきたのだが、その党派的正当性は斬新な戦術や運動や連携に道を譲ろうとしているのだ。

反核グループのシチズン・アラートが一九九六年にネバダの片田舎の町ユリーカでおこなった理事会合宿の打ち上げは、反環境保護運動の酒場での飲み会になった。町で生ビールが飲めたのは、その店だけだったからだ。カウンターの奥にはＷＲＡＮＧＬＥＲ〔カウボーイの意〕とプリントした紫色のＴシャツが売られていて、よく見るとそれは「役立たずの左翼系自然保護運動急進派の間抜けどもに反対する西部牧畜業者たち（Western Ranchers Against No Good Leftist Environmentalist Radical Shitheads）」の頭文字だった。その晩、カウンターで隣り合わせになった、大きな帽子を被ったままの若い牧場主は、自分は自然保護論者たちに嫌われていると考えていた。ところが彼の家族は、その土地で何代にもわたって放牧を営んでおり、彼に持続可能な輪作式放牧を語らせたら、新しい洒落た牧畜関連用語は知らなくとも、その知識はたいしたものだった。自前の草が自前の牛を満腹させていると誇らしげに語り、彼が苦々しく思っている近辺の略奪的な牧畜業者連中のやり方とはまったく違うと言った。さらに、彼は鉱山会社をもっと嫌っていた。飲み会がお開きになるころには、自分のことをまったく正しいと考える環境保護論者もいるのだと納得して、私にウイスキーをおごってくれた。

彼は被害妄想を抱いていたわけではない。民兵集団もそうだが、ワイズ・ユース〔天然資源を無駄なく有効に使うという考え方。ラムサール条約で提唱された〕や私的所有権を掲げる運動は、農村社会に入りこむという点で、進歩派や環境保護論者たちよりもずっと良い仕事をしてきた。そして環境保護論者の多くは、昔から牧畜業者たちを邪悪視してきた。さまざまな地域の環境保護論者たちが、ときには牧畜業が未開発地の現状を維持してきたという一面もあると理解するまでは、放牧牛がアメリカ西部を荒廃させているという説が自明の理になっていた。牧畜業が駆逐されてしまえば、開発業者が入りこんだのである。景観を荒廃させる牛の放牧があれば、より適切に管理されているものもあった。水辺環境の保全、草食み場の輪番制、野火のエコロジーなど、牧草地管理手法の新しい知識が、放牧地帯の環境保全を改善してきている。

牧畜を営む家族は、概して自分たちの土地を愛し、それを熟知していることにかけては、たいていの環境保護論者などは遠くおよばないだろう。牧畜農家のなかには、一世紀にわたり伝来の土地で暮らし、次の世紀もそこで生きつづけたいと願っている人たちもいる。そして、牧畜農家も農民一般と同様、農産品流通のグローバル化や農業の工業化（肉類、野菜、穀物を工場のような体制で企業が生産すること）がもたらす価格下落に脅かされているのだ。彼らは地球規模の公正をめざす運動の支持母体であっていいはずなのに、声をかけられることもほとんどない。この状況は、海外の国ぐにの多くで農民たちがすでに基幹勢力になっているのとは対照的である。アメリカでは、「ネイチャー・コンサーバシー（自然保全）」の運動が、この一〇年間、牧場主たちと協力して土地信託《ランドトラスト》や保全入会地を創設してきたように、自然保護団体と牧場主との連合など、さまざまな提携関係が構築されてきている。ワイオミング州では、広くおこなわれている石炭層メタン採掘のせいで、多くの牧場が荒廃したために、共和党員の牧場主たちが環境保護運動と手を結ぶようになった。コロラド、ニューメキシコ、アリゾナ各州でも、都市のスプロール化、リゾート開発、渇水の問題があることや、劣化した土地の修復に迫られていることなどにより、同様な動きが促進されてきた。

環境保護論者たちは、破壊された自然と無傷の自然を対置する純粋主義的なパラダイムにもとづいて活動していた。彼らが牧場主たちと協力しあうようになると、中庸の道の可能性が開かれ、隔てられていたものはたがいに浸透しあうようになった。環境保護論者たちは、人間が景観のなかに居場所をもつことを理解し、環境をホワイトカラーのためのリゾート空間としてだけではなく、労働の場として見るようになり、直接行動が必ずしも敵対と同義である必要はないと悟ったのである。かつてのホワイトカラー主体の環境保護運動が抱いていた階級意識的な政治力学は、実際に環境のなかで暮らし、問題となっている資源を扱って働く人びとを排除するのにうってつけだったが、この新しい動きは大きな転換を意味している。西部では、これは、幅をきかす二元論の解体、大がかりな文化戦争の終結、変革の方法論の変革を意味する。これは、それぞれのグループの違いが手におえないほど大きくても、私たち皆が共通項を土台にして連携し、違いを棚上げできるような新しいタイプの直接行動を表している。カルトに異分子が不要なのと同じ意味で、連携には違いが必要だ。往々にして、カルトが生まれたきっかけは、運動の初期にイデオロギーのリトマス検査のようなことをしたことにある気がする。

牧場主と環境保護論者、および政府当局者とが一堂に会して協力し、農業生活と土地そのものとは不可分であり、保全対象として一体のものであると学ぶための共通の立場を、「急進中道《ラディカル・センター》」と名づけたのは、アリゾナ州の環境保護派の牧場主、マルパイ辺境地グループの共同創設者、ビル・マックドナルドだったかもしれない。この中道的立場を足がかりにして、西部のあちこちで、小さな団体が活動してきた。そのもっとも顕著な例として、ニューメキシコ州のキベラ連合が挙げられる。コロラド州スティームボート・スプリングス近辺で牧場を経営し、コロラド牛牧場主農地トラストを率いるリン・シェロッドは、こう振り返る――「環境保護運動と牧場主たちは睨み合っていましたが、私たちが敵対しているあいだに、開発業者たちが漁夫の利を得て渓谷の土地を取得してしまいました……私たちは、たがいに対立する点よりも、共通する点のほうが多いと気づいたのです」[54]

古典的な環境保護論は、介入と対立を身上とする。他者の行為を阻止する手段として圧力を用い、法律や訴訟を振り回す。急進中道の立場は、ニューメキシコ州の土地管理官を務める作家ウィリアム・デバイスの定義によれば、「決まりきったやり方からの抜け道」である。彼はこうつづけている。

偏見を脱しています。つまり、この種の働きをするさい、だれがどこの出身だとか、彼または彼女がどんな旗印を掲げているかなどは問題にせず、その人物がどこへ向かおうとしているのか、共通利益を図って、建設的に働く意志が彼または彼女にあるかどうかに焦点を絞るのです。また、急進中道の作業には多様な道具を用いなければなりません。ものごとのやり方はひとつきりではなく、大きな道具箱からさまざまな道具を貸し借りしながら仕事を進める必要があります。急進中道での仕事は実験的です――実践しながら一歩ごとに新しい別の方法を見つけだしていくのです。どんなに立派に見えるものでも、ちょっとした手直しは加えられるはずですし、どんなに不可能で壊れてしまったように見えるものでも、修繕を試みる余地はあるはずです。[55]

訴訟好きな運動が敵を作るのに対して、これは隠れた協力者を見つける、希望に満ちた実践だ。介入主義の好戦的気質とは対照的に、平和を築く実践である。これだけが正解と言うわけではなく、唯一の答えというのはどこにもないが、それでも意義のある新しい方法であることは間違いない。

オハイオ州の伝説的な農場労働者の組合組織者バルデマー・ヴェラスケスの強力な戦術もこれに通じる。農場労働者組織化評議会の創設者ヴェラスケスは次のように語る――「第一に、私はだれをも敵視しません。だれであれ、誤解しているか、教育が誤っているか、見当違いしているかであると、私は単純に考えるのです。このような見方で人びとに接し、われわれのやっていること、つまり移民労働者のための公正を実現することは善であり、人生の正しいおこないであり、だれもがわれわれの味方になるべきだと、私は信じています」[56]。ヴェラスケスは、反対の立場と思える相手にも面と向かって語りかけ、ときには意見を変えさせ、この戦術によって一連の闘争を組織するにさいして有利な立場を築き、キャンベル・スープ社などの食品メーカーに対する不買運動でもこれを実証した。「何を言うのかではなく、どのように言うのかが大事です」と彼は私に語った。「人びとを味方にする方法は、相手に身近な視点に立って情報を伝えようと努めることなのです」

ヴェラスケスは牧師でもあり、あるときオハイオ州トリードの神学校で、大勢のキリスト教徒共和党員の子弟を前に、聖書を引いて説教することになった。彼はその際のことをこう語っている。

講堂に五〇〇人かそこらの子どもたちが集まっていました。高校生や中学生の大観衆を前にして、私は聖書を開き、「神の御言葉はなにをおっしゃっているか、みてみましょう……聖書に書かれている歴史を通じて、神の目にうらやましく映る人たちは、孤児、寡婦《やもめ》、異邦人の三種類あると、それは言っています。神がうらやむ、これら三種類の人たちのために、なにかやってあげたいと思う人は手を挙げてください」とたずねました。講堂のなかの子どもたち全員が手を挙げたので、私は三つのことをしてくれるように子どもたちにお願いしました。

彼は、お昼休みに断食をするように子どもたちに頼んだ。あるメキシコ人の農場労働者がこの国で無惨な死に方をしたので、遺された妻と子どもたちのために、昼食費を寄付してもらったのである。さらに、子どもたちに説得してもらって、両親や教会信徒たちから献金を募り、それを家族に届けるために、八人の子どもたちを引率して、メキシコの山中、ナワトル族インディアン集落を訪問した。その旅で、子どもたちは自分の眼で、合州国に移民を送り出している貧困を目撃することになった。つづいて、農場労働者の闘いの標的になっていたピクルス製品を販売するスーパーマーケットへの抗議行動に、三〇〇人を超える保守派キリスト教徒の子どもたちに参加してもらった。この闘いにも勝利した彼は、多くのスーパーマーケットにボイコット対象商品の販売を止めさせて、その結果、ピクルス野菜栽培農場は収穫物をオハイオ州内に出荷しなければならなくなり、農場労働者を小作人としてではなく従業員として扱わなければならなくなった。彼が活動してきた分野は、国際労使問題と環境問題で、もっと広義には農場労働者の労役を生みだす社会の枠組みそのものだった。だが、とりわけ特筆しなければならないのは、彼がさまざまな課題だけではなく、異なった立場の人びとをも結びつけていることである。

17　イデオロギーの後に――あるいは時間の変容

　これら全米各地に目覚めた直接行動の小さな波は、グローバル・ジャスティス運動やサパティスタの様相と、いろいろ重要な形で重なっている。イデオロギーが、だれが味方か、またいかにしてより良い未来を築くかについての一枚岩の先入観を意味するとすれば、これら三者すべては、深い根っこのところで反イデオロギーを旨とする即興的、協調的、創造的な成り立ちで共通している。そこに、開かれた心、満ちる希望、変革し、信頼する意志がある。ジャズ自由戦士という考え方を提唱したコーネル・ウェストは、ジャズを定義して、「単にひとつの音楽芸術分野を表すだけではなく、世界におけるひとつの存在様式、すなわち「あれか、これか」といった見方を疑う、現実に対する融通無碍《ゆうずうむげ》で即興的な姿勢をあらわす用語である」[57]と語った。二者択一的な論理や硬直したイデオロギーを超えていく同種の旅路が、こうしたまったく異なる領域でも見受けられるということは、私たちが運動を語るとき、特定の人間集団や特定の課題に限らず、ひとつの時代精神を、空気の変化を語っているのだということを示唆する。

私たちは、なんらかの運動、または複数の運動を語るのではなく、たぶん運動そのものを語るべきなのだろう。その野放図な変容ぶりを思うと、まるで数えきれないほど多くの人間集団が立ち上がり、長いこと座りこんでいた場を離れて、歩き回りはじめるさまを見ているような心地がする。チャールズ・ダーバーは、この動きを「第三の波」と名づけ、一九六〇年代的なアクティヴィズムの第一波、断片化した主体による政治運動の第二波を継承していると主張する――「第三の波は、地球規模のオルタナティヴについて真剣な政治的思索を開始したが、第一波や第二波とは対照的に、基本的に反教条主義的である。これは、地球規模に分布する支持者たちがとてつもなく多様であること、および彼らが応えなければならない課題と意見とが多岐にわたることを反映している。〝党路線〟の排除が、運動の一体性を守ってきたのである[58]」。それは、反教条主義とは、新しい予期せぬ連帯、力の新しいネットワークに心開くこと。

静的なユートピアを拒否し、当意即妙の旅路を選ぶことを意味する。環境運動が、自然システムについての非常に洗練された知識の受益者であるのとちょうど同じように、直接行動は、過去の運動が用意してくれた失敗、着想、道具の恩恵を受けている。

数年前のこと、ナオミ・クラインがグローバル・ジャスティス運動のアクティヴィストたちに言及し、こう指摘していた。

評論家たちが抗議団体にはビジョンが欠けていると言うとき、実際に語っているのは、全員が賛成する中心的な革命哲学――たとえばマルクス主義、民主社会主義、ディープ・エコロジー、あるいは社会的無政府主義――が、抗議団体に欠けているということだ。まったくそのとおりであり、これに対して、私たちはかくべつ感謝しなければならない。現在、街頭の反企業活動家たちは、特定の大義のために働く歩兵が欲しくてたまらない自称指導者たちによる囲いこみを受けつつある。いままで、こういう行動計画をすべて受け流し、皆が惜しみなくあらゆる流派が気前よく提供する政治宣言を拒否してきたのは、この若い運動の手柄なのだ。[59]

別のところでも、彼女は「階級序列に縛られない意思決定、分権的な組織、徹底した共同体デモクラシー」[60]という、無政府主義的なグローバル・ジャスティス運動のアクティヴィストのゆるやかなネットワークにふさわしい形容を使って、サパティスタとその副司令官マルコスを描写している。これもある種のイデオロギーだとしても、想像し、参加し、脚色することに制限を加えるような権威の発生を許さない究極のデモクラシーのイデオロギーであり、言うなれば、反イデオロギーのイデオロギーなのだ。初期のアクティヴィズムの波に、純潔主義や清教徒的な傾向があったとすれば、この第三の波は、なにもかも混ぜ合わせ、かき乱し、清濁あわせ飲んだおかげで、喜ばしくも盛大に不純である。

ロンドンを拠点にする私の友人、素晴らしい作家にしてアクティヴィストのジョン・ジョーダンは、かつて〈路上を取り戻せ《リクレイム・ザ・ストリーツ》〉のメンバーであり、いまはグローバル・ジャスティス運動に加わっているが、第三の波の共同体深部から、私にこう綴る。

私たちの運動は、古いものを新しいものに置き替えるのではなく、一分の隙がなかったり普遍性を標榜したりする答えや計画、または戦略を手にしているという考えをいっさいなくすことによって、旧来の左翼政治運動がもっていた確信すべてに疑義を呈する政治の創造を試みているのです。いわば、私たちの戦略は、水そのもののようでなければなりません。変わり身の速さや、不断の変化と進展によって、固定化され、堅牢で硬直したものをすべて突き崩さなければならないのです。私たちはプロセスの政治論を組み立てようと試みています。ただひとつ確実なのは、天のとき、地の利を得て、正しいと感じたとおりに実行することです。（スペイン語で待機と希望とが同一の語であるのは興味深いことですが）時機を待ったりせずに、その瞬間において行動する政治。未来になにかを創造するためではなく、現在においてなにかを創る〝ここ〟と〝いま〟の政治です。どのように新しい世界を建設するのかと質問されれば、「わからないが、一緒に築こうではないか」と、私たちは答えるでしょう。ようするに、私たちが言っているのは、結果は、手段ほどには重要でないということです。手段を結果の前に、状況をイデオロギーの前に置くことによって、純潔と完成とを拒むことによって、数百年の政治形態・概念をひっくり返そうとしているのです。はっきり言って、私たちは未来に背を向けています。

これは、途方もない挑戦です。というのも、混沌とした世界にあっては、人はしがみつくものや、自分をつかまえてくれるものを必要とします。すべてが不確実であり、不確実性だけが確実であるならば、根なし草や弱者、人生に意味を与えてくれるものを渇望する人びとは、寄る辺ない宇宙の変転と奔流に押し流されるばかりでしょう。そういう人たちにとって、希望はたいてい確実性のなかに見つかります。必ずしも予測可能な未来に根ざしている確実性ではなく、人生において正しい行いをしているという確実性です……権力の獲得は、たいがいの過去の政治運動が、一直線に伸びる細い道の終点におく目標でした。歴史上のほぼすべての社会変革では、未来を支配することが根底に据えられてきましたが、私たちは、〝なるがまま〟に任せること、手を放して権力から歩み去り、自由を見つけることこそが、私たちがなしうるもっとも強力な行動だと信じる運動を築こうとしているのです。人びとの創造能力を呼び戻すこと、世界に直接介入する人びとの潜在能力をふたたび活性化することが、プロセスの核心にあります。能力と意味を取りもどせたとき、おそらく今日、明日を想像することができるようになり、未来においてのみ充足しうる欲求に用心深くなるでしょう。あの創造の瞬間には、確実性への欲求は実践の喜びのなかに包みこまれ、実践は意味によって満たされるのです。[61]

ジョーダンのビジョンは広く共有されている。哲学者アルフォンソ・リンギスは、「私たちは、なにか別の種類の社会を恒久的に建設するという考え方から、解放と革命の概念を本当に解き放たなければならない」[62]と述べている。マルコス副指令は、旧来の革命運動が勝利としていたものは、サパティスタにとっては敗北であるということをよく理解している。そして、サパティスモ〔サパティスタの理念〕を定義して「イデオロギーではなく直感」と呼ぶ。サパティスタ研究者ジョン・ホロウェイは、『権力を獲得せずして、世界を変革せよ』という一巻の宣言書を世に出したが、これも同じような主張であり、革命が次なる体制権力と化すとき、その精神と理想を失い、革命そのものが終焉を迎えると書いている。ホロウェイの主張は、グローバル・ジャスティス運動のオーガナイザーである私の弟デヴィッドによれば、つまり以下のようなことである。

選挙によってであれ、叛乱によってであれ、権力の座を奪取するという考えは、革命の目的が権力関係を根本的に変革することであるという肝心な点を忘れている。国家を焦点に据えず、また権力の地位に到達することを目標に置かず、世界の変革をめざす、Do It Yourself 行動の広大な領域がある。改革と革命とを区別する旧来の認識は、だれが国家を統制するかという問題が焦点でないという理由だけでも、もはや無意味である。[63]

これが、前述の「一時的自律ゾーン」、予示的政治、結果ではなく過程《プロセス》を重んじる警句が、じりじりと目ざす目標であり、私たちがどんな間違いを犯しても、それは前と同じものではないという前提に立った、革命の質の革命なのだ。

サンディニスタの詩人ヒアコンダ・ベリは、サンディーノ民族解放戦線叛乱軍がニカラグアのソモサ独裁政権を打倒した一九七九年七月一八日および一九日を描写して、「不可思議な太古の魔法がかけられて、創世紀、世界の創造の現場へわれわれを連れ戻した二日間」[64]だったと記す。革命の意味にまつわる、これらひと味違った記述が、目標は、前進して世界を創造することよりも、創造のそのときに生きることであると示唆している。これにともなって、重点は制度的権力から意識の力と日常生活の立ち居振る舞いへ、理念通りの完成形を打ちたてる革命ではなく、それぞれが世界の創造に参画できる自由を開くような革命へと移行する。そして、ベリが詠うように、革命の瞬間には、各自の生き方と世界を創る力を感じ、歴史を生きることからくる類《たぐ》いまれな強烈さがある。それはたがいを制限し分断する束縛から解放された人びとの交わりにほかならない。「革命の瞬間は、個々の生命が再生した社会との統一を祝うカーニバルだ」[65]と、シチュアシオニストのラウル・ヴァネーゲムが書いている。ここで問われるのは、いかに世界を創造するかよりも、いかに創造の瞬間を生きたものとして維持するかであり、創造が終わることなく、創造者であることの力に人びとが関与するアメリカ先住民の神コヨーテの世界――未完成のうちに、開かれた即興性と参加のうちに、希望が宿る世界――をいかにして実現するかである。私が大雑把に描き出した革命の日常では、希望がもはや未来に繋ぎ止められていない。希望は、いまここにおける感動の力となる。

18　グローバルなローカル――あるいは場所の変容

一〇年ばかり前のこと、私は叔母を相手に、そのころよく耳にした一九五五年の人気展覧会『ファミリー・オブ・マン』とそのカタログ本に対する批判を受け売りしていた。めいっぱい大風呂敷を広げた普遍的人間性の押しつけと、母性や選挙や仕事は、しょせんどこでも同じだということを示唆する写真の数かずは、ポストモダニズムや多文化共存主義が強調する違いを無視するものであり、けなすのが当たり前だった。叔母は「あの当時どうだったのか、あなたは知らないのよ。私たちがどれほど引き裂かれていたか、戦争やホロコーストの後で、いまだにはびこっていた人種差別の中で共通の基盤を見つけることが、どんなに大切だったかわかりもしないで」と声を張り上げた。地域性にこだわる最近の思潮は、モダニズムが標榜する〝真実〟の普遍化のみならず、企業文化や企業経営の農業による均質・集権化の影響力をも相殺する力として働いてきた。

その一方、政治解説者ダニー・ポステルが、「エジプトの社会学者で反体制派のサード・エディン・イブラヒムが指摘したように、異なった国ぐにに出身の人権活動家たちが一堂に会して情報交換すると必ず、地理的、文化的、宗教的隔たりが大きくても、同じ経験を幅広く共有し、驚くほど共通している表現で語ることに気づく」[66]と書いている。「あれかこれか」の選択問題の正解は、たいていの場合「どちらも」である。逆説的な関係に向き合うには、一貫性にこだわって、一方を切り捨てるのではなく、両方とも掬《すく》いあげるのが一番まっとうな対応なのだ。問題は、地域性と世界性が生きた関係を築けるようにすることであり、一方のみを取り上げ、他方を閉め出すことではない。

私たちの時代の地球規模の公正をめざす運動を定義するひとつの方法は、地域性――地産食品、労働と資源の地域内管理、地場生産、地域文化、在来の家畜と栽培植物、固有の野生生物種、環境保護といった、本質的に地域のもの――を防衛するための地球規模の運動として捉《とら》えることである。以前からのスローガンは「地球規模で考え、地域で行動する」だが、地域のひとつの定義は、多国籍企業によって侵されるものであり、それに対する抗議は地球規模でネットワーク化されることが多いので、順序を逆にして「地域で考え、地球規模で行動する」と言ってもよい。いまの急進派の多くは、地域を賛美し、擁護しようとするが、地域性を善と決めてかかるのは、あまりにも単純すぎるだろう。アパルトヘイト（人種隔離政策）、脅迫、選挙民登録拒否といった南部の地方的慣習を廃するために、公民権運動が連邦政府に訴えたり、逆に多くの西部住民たちが、楽しみや利益のために地域環境を損ねても、それは自分たちの権利であると、連邦政府から干渉されることに憤慨したりしていることを考えてみよう。

私の叔母が話題に取り上げたあの時代には、人種と民族にもとづく郷土主義《ローカリズム》が世界を荒廃させていた。私たちの時代では、荒廃の多くは多国籍企業による多国籍企業のための営みによるものであり、地域がそれに対抗する勢力の役割を担っている。地域《ローカル》とは人間の尺度《ヒューマン・スケール》であると解することもできる。人びとの声が届き、人びとが重視され、力関係を理解でき、責任の所在を明らかにできるスケール、つまるところは民主化への志向だ。一九七〇年代、アメリカ西海岸を中心に、バイオリージョナリズム（生態地域主義）と呼ばれる運動または風潮に乗って、主として地元に回帰して（アメリカ以外の文化は、もともと地方を棄てなかったが)、地域を考え直そうとした人たちがいた。この運動は、ひとつの地域がもつ潜在的な意味、村社会、限界、長期的な見通しの範囲内で暮らし、地元で生計を立て、地産食品を食べ、自分の居場所とその世話の仕方とを正しく知ろうとする試みだった。相続財産としてではなく、意識的な試みとして、一定の場所に帰属していこうとする営みだった。バイオリージョナリズムは、押しつけではなく適応であり、地域性を強調しても、一言一句変えずに布教する福音のようなものでもないので、ある意味で、現在の反イデオロギー的な風潮を先取りしていた。押しつけは権力の集中である。私が関心を寄せる地域性は、権力を分配する。

十年あまり前、環境について書くトリックスターというべきジム・ドッジがこう述べた。「バイオリージョナリズムが純粋化しようにも、ひとつの教義をもっているかどうかさえ、ぼくにはわからない。それは、左翼にありがちなユートピアに向かうハイウエイというより、(たぶん、上り坂の)方向感覚だろう……」[67]。バイオリージョナリズムは、人類史の大半を占めてきた本来の人間的な生活のありかたに、エコロジー的、社会的に回帰する試みだった。こんな未来も可能であり、しかもそれこそが持続可能な唯一の未来だという意識をもって、懐古趣味からではなく急進的な立場から、あるべき生き方に立ち返ろうとする企てだった。昨今は、バイオリージョナリズムが話題になることもあまりなくなったが、その理想は、スローフード運動、アメリカや英国のいたる所で雨後の筍のように出現しているファーマーズ・マーケット、地場産で旬の食材の奨励、環境的に健全な建築手法、持続可能性を念頭に置いた都市計画、ごみ処理、水道事業、電力供給の形となって生き、企業活動のグローバル化の影響による画一文化の時代に、地域の文化と記憶を賞賛し、保存する風潮の再来のなかに息づいている。

ドッジは、アナーキーであることがバイオリージョナリズムの核心にあると主張し、「共同体、または共同体の緊密で小規模な連合体としての私たちが、みずからの営みをコントロールし、各個人および共同生活に関する決定を行い、決定の責任と結果を喜んで受け入れることができるという確信」を語る。この言葉は、これまでの二〇年間のアクティヴィズムを私たちに思い起こさせる。いや、もっと時代を遡れば、現代アナーキストの組織論はスペイン内戦期アナーキストの分散型モデルを継承し、五ないし一五人ていどのかなり自律的なつながりからなる連帯グループを直接行動の基本単位としている。「中心は崩壊する」とイェイツは書いた。そして「まったき無秩序が世に解き放たれる」と。だが、それは権力の集中を信用しないアナーキストや郷土主義者が待ちかねていた吉兆なのだ（とりわけ、中央の権威も等しく「血で濁った潮」を噴き出すのだから）。

言い換えれば、彼らは、いや、私たちはアナーキストだったのだ。この組織形態は、連帯グループと（連帯グループが派遣する代議員で構成する）代表者協議会とによる合意形成という、一九八〇年代の反核運動が確立した直接民主主義にもっとも直接的に由来する。アナーキーとは物騒な言葉だから、脇に置いておいたほうが無難だとされる。この言葉はヨーロッパ中心史観から派生したものであり、この史観は、たとえば、現代の私たちが振り返るべき起源として、参照モデルとしても重要な、共同体総体としての各成員の権利を汲み上げつつ、そのバランスを保つ、伝統的な参加型文化を取り入れていない。この名前のない運動をうまく言い表すもうひとつの方法として、ヒエラルキー（序列）を否定する直接民主主義の復活、つまり権力の分散または地方分権と捉えてもよい。二〇〇一年一二月以後、経済危機が深刻化し、失敗した制度に替わって近隣・地域グループが自然発生的に台頭したアルゼンチンでは、これを水平主義（ホリゾンタリダード）と呼んでいる。これらはすべて、最善の力を発揮するデモクラシーそのものの姿かもしれない。

地域の力を大事にすることは、必ずしも地元へのひきこもりや偏狭な愛郷心、あるいは不寛容を意味しない。単に、より大きな世界をわたってゆくためのしっかりした基礎となればいいのだ。グローバル・ジャスティス運動のワイルドな連合でも、カウボーイと環境保護論者が同席している場でも、そこには違いを排除しないでいい気楽さがある。原則や目標がしっかり定まっているかぎり協力できる、違いは弱さではなく、強さであるという感触。それぞれの場所に根ざしたアイデンティティをもちながら、地球規模の対話にも加われるという感覚。つまり、線引きされた境界ではなく、つながりのネットワークに目を向けることだ。そんな地球規模の対話は地域に資するものとなる、ニュージーランドで、マオリ族が民族言語の復活に大成功を収めた。マオリの先例を手本として、ハワイの先住民たちが言語プログラムを立ち上げた。すると、ハワイの運動をモデルに、言語の保存と普及運動が北米全域の先住民世界へ波及した。こうしたひとつのグローバル化、つまりコミュニケーションと発想のグローバル化は、系列チェーンやブランドや企業の拡散がもたらす画一化や統合化へのアンチテーゼとなりうるし、大きいものに対抗しうる小さきものになりうる。アルンダテイ・ロイは書いている――「大型爆弾、巨大ダム、偉大なイデオロギー、大きな矛盾、偉大な英雄、大きな間違い――〝大いなるもの〟の解体。これからは〝小さきものの世紀〟になるだろう」[68]

一枚岩のような制度や企業に対抗する最善の手段は、一枚岩の運動ではなく、多様性そのものである。大きな物語といえば、アメリカではフォックス・ニュース、英語圏ではルパート・マードックのメディア帝国、イタリアではベルルスコーニ首相のメディア独占と大型合併だろう。一方、小さな物語は、ネット上の数十万のウェブサイト、メーリングリスト、ブログであり、一九九九年シアトル行動ホームページに連動して世界中で開設された数百の独立系ニュース・サイトなどがその例である。モンサント社の遺伝子操作や園芸植物種特許に対抗するのは、遺伝子組み換え作物反対運動、栽培品種特許に反対する直接行動や法規制だけに限らず、地域農家、ファーマーズ・マーケット、品種多様性の保全、有機栽培、総合病害虫管理など、小規模であってこそ効果が最大に得られる営みである。地域農家の作物を販売するファーマーズ・マーケットが一カ所だけなら、たいして有望な解決策とはならないが、一万となれば、それが物を言いはじめる。こうした動きが生みだすオルタナティヴ〔もうひとつの流れ〕は、目につきにくく、個別的には弱体である。モンサント社の独占はニュースになりやすいが、ファーマーズ・マーケットにトウガラシやモモの初物が並んでもニュースにならない。アクティヴィズムと芸術が目指すものは、少なくとも私の場合は、人びとが意味の消費者ではなく生産者になる世界をつくることだ。本書を執筆しながら、これが希望の政治に、世界の創造の日々である革命の日々にいかに繋がっているか、いま、はっきりわかる。脱中心化と直接民主制とは、人びとが力とビジョンをもつ生産者となる、そんな未完の世界の政治のことなのだということもできる。

19 テキサスの三倍大きな夢

ずっと前から、一九九二年一〇月一二日、すなわちクリストファー・コロンブスのアメリカ大陸到着五〇〇周年が気になっていた。当初見込まれていたコロンブス五〇〇周年の祝祭は、植民地主義の祭典に反対する運動に圧倒されてしまった。西半球全域の先住民たちが、自分たちの土地は発見されたのではなく侵略されたのだとして、この節目を記念日当日に限定せず、ずっと以前から自分たち自身のアメリカス〔南北アメリカおよびカリブ海地域〕の歴史を明らかにする機会として捉え、いまなお議論をつづけている。多くを失いながら、侵略はされても征服はされなかったたくさんの先住民集団にとって、この五〇〇周年祭は、まだ歴史は終わっていないと実証する絶好の機会になった。

このため、多くの非先住民にとっても、五〇〇周年は、大量虐殺に彩られたアメリカスの歴史を学びなおし、ときにはいまも私たちに身近な歴史の諸側面――統治権、社会認知、代表権、賠償、土地の権利、その他多くの課題――に目を向けるきっかけになった。このようにして、過去の記憶が現在の変化を促すための基礎になり、文化が政治化した。最終的に、その日は、時代のはじまりを懐古するのではなく、時代の終焉のはじまりを、どこか微妙な形で告知する機会になったのである。もっとも重要なできごとが一九九二年一〇月一二日の当日に起こったわけではなく、その日を挟んだ一時期全体に起こったとはいえ、たぶん私は、その日を千年紀到来の鍵になる瞬間のひとつに加えておくべきだっただろう。

第二次世界大戦後、アメリカ先住民のアイデンティティを抹消し、勢力を分散させ、土地基盤から切り離す政策のひとつとして、都市部への再定住と同化とが推進された。だが皮肉なことに、先住民の多くにとって、都会は新しい知的資産と情報とに接し、部族を横断する政治同盟を育む場になった。こうしたなかから、一九六八年、ミネソタ州ミネアポリスでアメリカインディアン運動（ＡＩＭ）が誕生した（いうまでもなく、それは社会正義への希望と、公民権運動が形にしたそのための戦術と、六〇年代後末期の祝祭的な世相から生まれたものだった）。さらに七四年のＡＩＭ会議で、国際インディアン条約会議が成立し、七七年にはこの条約会議が国連に出席して、NGOの地位を申請し、最初の公認先住民グループになった。つまり五〇〇周年は巡り合わせ、受け止め方、理解の仕方など、ジグザグに錯綜した道のりを踏んで、七四年、六八年、さらには一四九二年にまで繋がりを辿ることができるのだ。

条約会議のアクティヴィスト、ロクサーヌ・ダンバー＝オルティスは、一九九二年を「文明遭遇の年」として宣言すべきとスペインが提唱した一九八〇年の国連総会に出席していた。「あれは最高だった。アフリカ各国政府の代表全員が席を蹴って退出したのよ。だから、私も出ていった。先住民族のことが念頭にあったわけではなかったのですが、これが奴隷制度のはじまりだったと、全員がはっきり認識していたのです」[69]。先住民族の権利を求める国連での闘争において、南アフリカのアフリカ民族会議（ANC）やアフリカ諸国のNGOは重要な協力者であることがわかった。コロンブス到着五〇〇周年という話を持ち出したのはスペインだったのだが、先住民族権利運動の側は、それをスペインの目論見に対するアンチテーゼに変えてしまったのである。

ダンバー＝オルティスは初期のころを振り返って、「メディアはただの一行も報道してくれませんでした」と語る。語り手たちが保留地から保留地へ、グループからグループへ、会議場から会議場へと旅してまわったり、詩人のサイモン・オルティスが編集したニュースレターを発行したり、「とにかく、じつに難儀な仕事」をいろいろこなして、メッセージが発信された。言葉が広く伝わり、思考が変わりはじめた。「自分の目で目撃すれば、いかに人びとが真実に飢えているかがわかり、それこそまさしく希望を与えてくれるのです。真実を示しさえすれば、人びとは理解してくれるのです」と、ダンバー＝オルティスは私に語った。法的勝利ですら、想像力の変化と歴史の見直しがあってこそであれば、先住アメリカ人の地位向上にとって、考え方や理念は少なくとも法律と同じくらい重要だった。コロンブス記念日は過去を捉えなおす機会になり、過去の再考はもうひとつの未来へつづく道を開いた。

そのような変化を目の当たりにするまで、〝非〟先住のアメリカ人たちの多くは互いに矛盾する不正確な考え方をふた通りもっていた。そのひとつは、アメリカ先住民は一掃されてしまったというもの――変化を受け入れられない弱小の民族は、進歩の波に呑みこまれてしまったという物語が、ときに悲しみをこめて語られ、真偽のほどが問われることはめったになかった。急進主義者たちでさえ、こういう悲劇に心を奪われていたらしく、部族や民族が実際には消滅していないのに滅び去ったと、こともなげに主張する書物が後を絶たなかった。途絶えた道、最後のモヒカン族、絶滅する民族という作り話がさんざん語られ、過去の行為を断罪する一方で、私たち自身は未完の紛争の責任を免れていた。もうひとつは、私たちが到着する以前のこの大陸は、原始そのままの人跡未踏、手つかずの野生地帯で、アメリカ先住民などいなかったという物語である。これは、自然を人間のものでない領域、切り離された場として見ていた環境保護論者たち好みの作り話だ。この世界観のなかにアメリカ先住民を改めて含めるには、自然の意味と、自然界における人間の位置とを根本から再定義しなければならなかった（これは文化と自然の分裂という二項対立を崩すもうひとつの挑戦として、環境運動に深遠な問題をつきつけるもので、いまなおきちんと理解されたとは言いがたい）。先住民を現在に置きなおすというのは、インディアン戦争がまだ終わっていないことを意味する。昔と違うのは、近年においては、時と場合により、先住民が勝利しはじめていることだ。そして近年の闘いの主戦場は土地をめぐる争いだけではなく、法や連邦議会における教科書、小説、映画、モニュメント、博物館、マスコット人形をめぐる係争へと変化している。

五〇〇周年は、コロンブス到来の意味を、侵略、植民地主義、民族虐殺として捉えなおし、それらへの反応を「抵抗の五〇〇年」というスローガンに集約する機会になった。全米のあちこちで先住民経営のカジノ（絶滅した民族に身ぐるみ剝がされることはないはず）を出現させた判決をはじめ、学術論議などの別の分野でも、先住民の社会的認知と歴史的位置づけを変化させる出来事があった。その一方で、この五〇〇周年は、一五カ月身を潜ませていたサパティスタが「もうたくさんだ《パスタ》」と声を上げて表舞台に姿を現すきっかけにもなった。グアテマラ先住民の人権活動家リゴベルタ・メンチュウにノーベル平和賞を授けようとノーベル委員会を動かしたものは、熾烈《しれつ》なグアテマラ内戦だけにかぎらず、おそらく五〇〇周年をめぐって展開されたやりとりでもあったのだろう。

その後の先住民パワーの高揚は、コロンビア、エクアドル、ペルー、ボリビアなど、多くのラテンアメリカ諸国で政治の顔を一変させた。たとえば、二〇〇〇年にエクアドル先住民が数万人規模で決起したさい、反政府抗議行動の鎮圧を命じられたエクアドル軍司令官、ルシオ・グティエレス将軍は命令に背き、厨房を設営して先住民たちに食事を提供したうえ、議会占拠を容認し、先住民指導部に加わって新政権樹立を宣言した。当人は不服従の咎《とが》で投獄され、軍から追放されたものの、二〇〇二年に彼は大統領に選出された。西半球で先住民がそのレベルの権力を行使するのははじめてのことだった。いまだ完全とは到底いえないものの、彼は権力の所在が決定的に変化していることを象徴する存在だ。

グティエレスが選出された日の一カ月前は、ちょうどコロンブス到着五一〇周年にあたり、当日はカナダからチリまで西半球の全体におよぶ、もうひとつの行動の日になった。そして、その一〇カ月後、ユカタン半島先住民の農民たちが先導の一翼を担って、カンクンの勝利がもたらされた。アメリカでは、博物館が所蔵する先住民の遺骸や遺骨の返還から、部族所有の資金数十億ドルおよびその出納記録の「紛失」をめぐる米国内務省に対する訴訟まで、多岐にわたる勝利が達成されてきた。一九九〇年と二〇〇〇年のアメリカの人口調査を比較すると、自分をアメリカ先住民と見なす人の数は倍以上に膨れ上がった。これは、一部には複数の人種的ルーツを統計に含めるようになった結果だが、多くの人がかつて不名誉とされたアイデンティティを進んで認めるようになったためでもある。南北アメリカの先住民は、滅びゆく民族から、拡大しつつある勢力へと変化を遂げたのである。

コースト・ミウォク族は、私が子ども時代に彼らのテリトリーで過ごしていたときには、すでには絶滅してしまったものと考えられていた。ところが、一九九二年になって、彼らは連邦認定を求める闘いに乗りだし、ミウォクの血を引く才能ある作家グレッグ・サリスの指導のもと、二〇〇〇年に認定を勝ち取った。「穢《けが》れなき自然」という概念の揺籃の地、ヨセミテ国立公園では、先住民族は、公園内の標識、沿革、土地管理方針などの公的記録から存在を抹消されていたが、最近の一〇年間のうちに、この問題含みの文化的な場所に再び存在を示すようになっている。彼らが獲得した、公園内に独自の文化センターを建造する権利は、彼ら自身にとってはささやかな勝利にすぎなくとも、年間四〇〇万に達する訪問者にとっては、自然がなにを意味するのか、その意味をだれが定義するのかを大きく変化させるものだ。郷土をデスヴァレー国立公園に指定されたティムビシャ・ショショーニ族は、はるかに大きな勝利を達成した。彼らは一九九四年に、消滅していない権利を有する部族としての地位を連邦に認定させたのである。そして二〇〇〇年に、公園内の土地八〇〇〇エーカー近くに加え、公園外の広大な土地の管轄権を獲得した。

またネズパース族の一部は、最近、一二〇年ぶりに東オレゴンのかつての郷里に戻って現地の白人たちと共存をはじめている。

これほどの規模でも小さく見える、もっと大きな勝利がほかにある。イヌイットのアクティヴィスト、ジョン・アマゴアリクは、一九六〇年代に北極圏の彼の故郷を訪れたジャーナリストたちがその土地について「住む者もいない不毛の地である」と書き、「口をそろえて、イヌイットは民族として存続できない、イヌイットの文化と言語は「絶滅するだろう」と断言した」[70]ことを回想している。一九九九年四月一日をもって、イヌイットは郷土を取り戻した。はるかな北東の地に、テキサスの面積の三倍、ブリテン島の一〇倍、カナダ総面積の五分の一を占めるヌナヴト準州を、民族の自治行政区としてカナダ政府から勝ち取ったのである。

文化的な対話の変化と、テキサスの三倍の大きさの大地とのあいだに横たわる距離は、どのように測ればいいのだろう？ あの希望とあの実現されたものとのあいだを橋渡しするものは、なんなのだろう？ 想像力や意志の尺度はなんだろう？ 彼らがなした、数えきれない小さな行為が世界を変えたが、そのほぼすべての行為自体は無償のものであり、ただちには、あるいは確かには結果も望めないものであったというのに、その彼らを支えていたものはなんだったのだろう？　あれほど漸進的、あれほど不完全で、しかもあれほどすばらしい変換を観察するには、どのような観測地点に立てばいいのだろう？　ここには、新自由主義と新保守主義が権力の座に這い上がろうとしていたときに起こっていたことに対応する話がある。そして、これらは文化がもつ政治を変える力を証明するものでもある。なぜならば、これらの奥深い変化は、立法行為だけではなく、知識と想像力の変化をも通じて実現されたものだからだ。あるいは、むしろこういうべきかもしれない。時の権力にとって、こうした歴史の別の姿や、正義の別の姿がもはや抗うことのできないものとなったとき、はじめて立法がなされるのだ、と。

アメリカスにおける先住民族の再生には、数多くの意味がある。ひとつは、不可避のものと自明のものの間には、通常どこかに亀裂があるということ。また、資本主義や社会主義の体制では可能性の幅を捉えきれないということもある。それは先住諸民族が、社会・経済システムの運営や、霊性と政治の結びつき方について、かなり異色なやり方を提示するからだ。歴史の墓場に追放されてきた先住民たちは、サパティスタの例に見られるとおり、もうひとつ別の未来の誕生を触発した。「もうひとつの世界が可能だ」という言葉は、デモ行進のスローガンになっているが、ある意味で、これこそ彼らの世界であり、万難を排して取り戻したもうひとつの過去から紡ぎだす別の未来なのだ。また彼らの復活は、ジュネーヴでの論争からカナダ北部の大地へ、過去の批判から未来に通じる新しい道へ、理念や言葉から土地と力へといった変化の横道があることも示唆してくれる。そうやって、思いがけない材料と希望によって歴史はつくられるのだ。

20　疑い

その一方で、ヌナヴトの心臓部にあるエルズミア島の氷が溶けだし、夏の氷で狩りをするシロクマたちは深刻な苦境に陥っている。化学物質汚染のせいで両性具有になったクマもいる。現地の言葉には温暖化する極北に渡ってくるようになった鳥の種をさす語彙はない。イヌイットは気候変動の最大の犯人に対する訴訟を準備しているところだ。ヨーロッパの小国ほどの大きさの南極棚氷の断片が、海に流れ出して、海水面を上昇させ、世界の小さな島じまとその文化の存立を脅かしている。気候変動は、テロよりもはるかに多くの人びとを殺害しつつある。悪夢のような事態が野放しになっている。私はそれを否定するつもりはない。この難破した世界において、なにが希望の根拠になるだろうか？

アメリカは、もっとも無頓着な政権に運営される、もっとも桁外れな気候変動の増進者である。この国は、破滅に向かって突進する列車のようだとよく思う。人びとはだまされやすく、政治に無関心で、注意力散漫で、テレビで展開される歪曲だらけの政治やぞっとするような人間描写に慢心するばかりだ。さらには、消費の拡大はとどまるところを知らず、世界中で暴力的な介入を行い、原理主義を蔓延させ、刑務所は急増し、人びとは貧窮して不安定化し、民主主義は劣化の一途を辿っている……などなどきりがない。アメリカに根本的な変革を期待するのは難しいが、その必要性に気がつくことはあまりにも容易だ。私は、恐怖の思いで自国を見つめていることが多い。

と同時に、「しかし」とつぶやいていることも多い。……しかし、中心から腐り、外側へと成長する植物もあるのだ。とりわけ世界の周縁で、あるいはこの国の周縁においてさえ素晴らしい反乱が開花しつつあるのを見れば、表向きのアメリカは咲き誇る世界の腐った中心のようではないか。アメリカの選挙制政治は望みを托せる道標ではないが、それでもまさにその惨状が、ときには可能性を指し示しているように見える。ブッシュ政権は、愚かな利己主義をむやみに追求し、世界におけるアメリカの地位と、その地位を支える経済を台無しにするなど、これまでの歴代政権が細心のあまりできなかったことを実行しているようだ。二〇〇三年二月一五日の平和大行進はそんな政権に突き付けられた世界的な「ファック・ユー」だった。これは、その一カ月後の国連安全保障理事会における対イラク戦争支持議案の拒絶、それにカンクン抗議行動（そして、米国政府によるグローバル化提案の次のステージでありながら、合意は先送り、あるいは骨抜きにされた、二〇〇三年一一月の米州自由貿易地域マイアミ協議）も同じだ。これは即効的な結果は生まないにしろ、かつて整っていた足並みは極地の氷のように瓦解しつつある。そしてこちらの崩壊は解放であり、素晴らしき新世界の全き未知への新生を意味している。

そして、この未知こそが私に希望を与える。「未来は暗闇に包まれている。概して、未来は暗闇であることが一番いいのではないかと考える」と、ヴァージニア・ウルフは、数百万の青年たちが死亡した戦争、第一次世界大戦のさなかに語った。彼らは死んだがすべてが失われたわけではない。ウルフは次の戦争の最中に自殺したが、その前に驚くべき美と力をそなえた一連の作品を創作し、その力はウルフ亡き後もずっと、女性たちが自らを解放する支えとなっている。そしてその美はいまなお人びとの精神に火をつけている。

ワールドウォッチ研究所の『地球白書』は、かねてから毎年恒例の憂鬱の元だったが、昨年のものにはいくつか目を見張る指摘があった。その中に、クリス・ブライトは以下のような明快な文章を寄せている。

だが、われわれの自己改革にとって最大の障害になっているものは、単に希望の麻痺なのかもしれない。われわれの現在の経済活動は、途方もなく有害かつ破壊的で、はなはだしく不公正であり、このありさまを眼前にしてもなお実効的な改革を想像するのは困難だ……われわれは、たえまなく流れる日常生活の些末事に慣れきってしまって、つねに現状の基本構造は変更できないと思いこむ。しかし、それは違う。より良い状態への根本的な変化は起こる。ただし、成功した物事は当然のように思われがちなために、それは目にはつきにくいものではあるかもしれない。事後にはまったく当たり前に見えても、それ以前には、奇跡としか思えなかった事例は珍しくない。[71]

ここまで述べてきたのは、私が目にしてきた一連の並外れた変化の数々だ。ブライトの言葉を借りるならば、それらは奇跡と呼んでもいい。それに加えて、最近、世界のほぼ全域に広がっているこの広大で未完成で名前のない運動——政治運動ではなく、地球規模の動揺、想像力と欲求の幅広い転換——の輪郭の描写も試みてきた。これはまだはじまったばかりだと思うし、世界中で数えきれない小さな成功を収めてきたとはいえ、その創造性と力が達成しうるものは、まだ想像もつかない。私は、グローバル・ジャスティス運動に何度も言及してきたが、ほかにも数多くの現象がある。たとえば、南アフリカの「真実と和解委員会」は、黙認や沈黙か、さもなくば報復という二項対立を超える工夫として、ほかの場所でも参照されるモデルになっている。自己改革を促す私たちの非凡な想像力も、世界中に広がっているが、それが新自由主義、原理主義、環境破壊、巧みに売り込まれた愚かしさといったものの重荷をどうやって克服できるのかは、はっきり見えてこない。けれど、希望とは私たちの期待するもののことではない。希望は、世界の本質的な不可知性、現在との決別、そして驚きを受け容れることなのだ。あるいは、もっと注意深く記録を調べれば、私たちは奇跡を期待するように促されるだろう。いつ、どこにそれを期待するかということではなく、驚かされること、私たちの知らない何かを期待するということだ。そして、このことが行動の足がかりになる。不服従の行動としての希望、あるいはむしろ持続する不服従の基盤としての希望を私は信じている。希望するものを幾許かでも実現するために必要であり、なおかつ、その時まで信条によって生きるためにも必要な、そうした行動のことだ。ほかに道はなく、あるとすれば屈服だけだ。そして屈服は未来を放棄するだけでなく、魂を捨て去る。

マルコス副司令は語る——。

権力が記す歴史は、私たちが敗者だと教えた……権力が教えたことを私たちは信じなかった。彼らが従順と衆愚を教えたとき、私たちは教室を抜け出した。私たちは、現代性の授業に落第したのである。私たちを結びつけるのは想像力、創造性、そして明日だ。過去において、私たちは敗北に見舞われただけではなく、正義を求める願い、より良い存在になる夢を見つけた。私たちは、巨大資本がぶら下げてみせる懐疑主義をそのまま捨てておいた。そして発見したのである。私たちが信じられるもの、信じる価値があるもの、信じなければならないものは、私たち自身だということを。みなさん、健やかでありますように。そして花ばなは今収穫のときなのだということをお忘れなく。ちょうど希望がそうであるように。[72]

花は暗闇で育つ。「私は信じる」と、ソローも記した。「森を、草原を、トウモロコシが育つ夜の闇を。」[73]

21　世界の中心への旅

未来は暗闇だ。しかしそれはこの現在に、私の街の前に広がる太平洋で始まっている。それは西洋文明が砂浜に消え、クジラとサメの領域がはじまる場所だ。この海でもどこの海でも魚類の生息数は急減しているが、砂浜を少し歩けば、一度は絶滅寸前まで狩りたてられたラッコが戻ってきた昆布の密林があるし、南北どちらへ行っても、やはり絶滅の瀬戸際だったゾウアザラシが毎年冬に帰ってきて、争い、番《つが》い、子どもを育てる岸辺がある。しかし今はやはり消滅寸前まで追いこまれたが復活した三つめの太平洋生息種、カッショクペリカンに目を向けて、私の街と私の大陸の西の端であるオーシャンビーチから飛び立つ一羽のペリカンの行く先を思い描いてみよう。

翼竜プテロダクティルスさながらの太古の優雅さで舞い上がるペリカンに想像力を托せば、岸辺から長く延びるフルトン通りの上空を進み、ゴールデンゲート・パークの北側に沿って公園を過ぎ、東に進路を保ち、古くからのアフリカ系アメリカ人居住区域を抜けて、現役のゴスペル・チャーチや廃業した理髪店を過ぎ、戦争記念ビルとオペラハウスのあいだの小さな幾何学模様の公園を通り、金で飾られた大ドームが街路にそびえる市庁舎に至る（そこは二〇〇四年のはじめに四〇〇〇組の同性カップルが婚姻を届け出た場所でもある）。そのままペリカンは音のよく響くアトリウムを通り抜けてゆく。そこは、一九六一年に共産主義者パージに抗議した学生たちが大理石の階段を消防ホースの放水で押し流された場所だ。ペリカンは反対側へ抜け、東に向かって国連プラザへ来ると、フルトン通りは街の幹線道路マーケット・ストリートに突き当たって終わる。ここが、現在に立つ私が過去と未来に向き合っている場所、さまざまな物語が集まる所、世界の無数の中心のひとつだ。

プラザの直前にあるのがリック・モニュメントだ。これはヴィクトリア朝時代の巨大な砂糖細工のような彫像と浅浮彫り、それにカリフォルニア史が建造当時の愛国的な視点で記された碑銘板で構成されている。西側に、勇猛な女神として表現されたカリフォルニアの像がそびえる。その足元のカリフォルニアハイイログマは、美術作品と州旗の絵柄以外では絶滅した。この記念碑は一八九四年の感謝祭に除幕され、一九〇六年の地震では周囲のビル群がすべて崩壊または焼失したなかで難を逃れた。そして一〇年ほど前、新しい図書館の建設にともなって移設された。そのさい、先住アメリカ人の何人かが、等身大の群像のうち、メキシコ人の牧童と司祭が、明らかに征服されたように平伏したインディアンにのしかかるように造形されている像に強く反発した。像の撤去は実現しなかったが、彼らは、カリフォルニア史をめぐる激しい論戦を公開の場でまきおこすことに成功し、ジェノサイドと植民地主義を解説する青銅の銘板を群像の下に加えるという成果を得た。これは、歴史の小さな改訂であり、変化のささやかな証である。

モニュメントの南は新しい公立図書館で、これは一八七七年のサンドロット暴動の跡に建っている。サンドロットは自由な弁論の場だったが、一八七七年にはそれがあさましいものになり、中国系住民への襲撃や放火を扇動するものになった。これは、その年の夏、アメリカがそれまでなく階級闘争の瀬戸際に近づく中、全国に広まっていた反鉄道暴動の成れの果ての姿でもあった。しかしそのすぐ北には、古いサンドロットを見下ろす壮麗な新しいアジア美術館があり、ある種の贖《あがな》い、あるいは少なくとも、アメリカのこの地方における変わりつつあるアジア人の地位を示すものとなっている。

道をわたったプラザ内には、南アメリカの解放者シモン・ボリバルの、棹立《さおだ》ちした馬に跨る銅像があり、ときどきその頭にカモメが止まり、年に一度は、南アメリカ人の一団が花を供えにくる。西の端にボリバルの像を擁するこのプラザは、一九四五年に数ブロック先の戦争記念オペラハウスで行われた国際連合創設を記念するものだ。地面の舗装に、国連憲章の前文が巨大な金文字で刻まれている。それは「われら連合国の人民は……戦争の惨害から将来の世代を救い、基本的人権と人間の尊厳及び価値と男女及び大小各国の同権とに関する信念をあらためて確認し……決定した」という文言ではじまる。二列に並んだ街灯の円柱には、加盟国の国名と加盟年が記されている。これら記念物のあいだには、密かな対話のようなものが交わされている。それは解放について、不完全な解決と未完の革命についての応答だが、それでもやはり解放である。そしてここには、もっと字義どおりに糧となるものもある。

毎週水曜日と日曜日、プラザでファーマーズ・マーケットが開かれる。高級専門店形式のマーケットではなく、手頃な価格の食品がふんだんに出品される。ラオス人、ラテン系アメリカ人や、昔ながらの地元の白人が育て、売っている食品を、スーパーマーケットのない中心街に住む貧しい人びとが真剣な眼差しで買いに来る。食品生産と、都市と農村の出会いが一堂に会する、小さく実際的な国際連合だ。市の日の広場はざわめき、活気にあふれ、バラ、サクランボ、紫と青紫色のナス、蜂蜜、ニンジン、トウガラシ、ヒマワリ、多種多様の青物の彩りに満ち、集まった人びとは買い物袋をぶらさげ、値切り、客を呼びこみ、挨拶を交わし、国連憲章の上を歩く。

市のないときの広場はおよそホームレスの天下になり、私は週に一度、マーケットで農家の食品の買出しをして、別の日、貧窮している人たちに差し入れにいく。火曜日にはサンフランシスコ禅センターの若い僧と一緒にここに来て、ボリバル像の足元、花壇の縁、周辺の汚れた街頭に座っている人たちに食べ物を配ってまわる。ときとして大仰な政治的大義があまりにも抽象的、あまりにも自分から遠くなったときには、代わりに温かい食事を作り、中華料理の持ち帰り用パックに詰めて、五〇人から六〇人程度に配るほうが納得がゆく。それにどれだけの意味があるかはわからないが、私たちはお腹を空かしている人びとや、私たちにお礼を言う人びとや、麻薬で頭がいっぱいだったり、コカインのせいで食欲がなかったり、苦しみに正気を失っていたりして背を向ける人びとに出会う。一九八〇年代以前には、アメリカのホームレス人口がそれほど多くはなかったこと、この膨張する路上生活者の集団はロナルド・レーガンの新しい社会と経済がつくり出したということを記憶している者はほとんどいない。

　国連プラザの方へ向けてマーケット・ストリートの向こう側に描かれた、アーティスト、リゴ23による黒・白・銀の壁画は市庁舎からも見ることができる。そこにはTRUTH（真実）と綴られている。しかし、「真実」があるのはこの界隈のきらびやかな歴史の星座の反対側だ。リゴは、この壁画をアンゴラ・スリー、すなわちルイジアナのアンゴラ刑務所に収監された三人のアフリカ系アメリカ人政治囚に捧げた。三人のうちのひとり、ロバート・キング・ウィルカーソンは、除幕式に出席するためにここを訪れた。この穏やかな物腰の人物は、無実の殺人罪で二九年間を独房に監禁されて過ごした。政治的なアクティヴィズムが理由で濡れ衣を着せられていたが、ボランティアの弁護士たちの惜しみない努力のおかげで二〇〇一年に釈放された。弁護士たちは、なおも残る二人の事件に取り組んでいる。[74] サンフランシスコで行われる行進やデモの多くはここを出発点や終着点にするので、私は食料の買出しやカンパのためだけではなく、平和と公正のためにも、何度となくここへ来ている。これが私の目に映る世界、国連プラザにも似て、半ば忘れられた勝利と新しい災危、農民たちとジャンキー（麻薬中毒者）たち、山盛りのリンゴ、世界の変革と真実の発信を試みる人びとで満ちた場所。いつか、これらすべては廃墟になるかもしれないが、いまはここが、歴史がさらに展開していく場所。今日もまた、創造の一日《ひとひ》なのだ。

振り返る
平凡な人びとの非凡な偉業（二〇〇九年）

幾年か前に、二六〇〇人の人びとの命がマンハッタンで失われた。そして、無数の人びとが自分たちのストーリーを失った。アルカイダによるツインタワーへの攻撃はニューヨーク市民を敗北させることはなかった。建物を破壊し、辺り一帯に汚染を撒き散らし、数千人の人びとを殺し、世界経済を混乱させはしたが、市民を屈服させなかったことはなによりも明らかだった。人びとは彼らの回復力《レジリエンス》が奪われたとき、はじめて敗北した。彼らの回復力は、さまざまなクリシェや、あの忘れがたい朝の偉業が覆い隠されること、そしてまさにあの「テロリズム」という言葉によって盗み取られた。テロリズムとは彼らが、あるいは私たちがみな怯えて《テリファイド》いたことを示唆する言葉だ。

こうした現実の出来事の歪曲、あるいは抹消とさえいいうるものは、あの忌まわしい応答の開始を告げる必然的な先触れだった。つまりイラクにおける戦争、すなわち私たちが敗北した（まだそのことを知らない者はいるかもしれないが）戦争と、市民的自由およびそれに結びついている民主的原則の毀損に帰結する応答だ。

私たちを恐れさせることができるのは私たちだけ

何が本当に起きたのか思い出しておこう。

飛行機がミサイルになり、ツインタワーが燃え上がり、粉々になって灰燼に帰したとき、恐怖した者は多かった。しかしパニックに陥った者はほとんどなく――危難からはるか遠くにいた大統領を除けば――仮にいたとしてもごくわずかだった。国防省そのものが攻撃されたにもかかわらず、軍は即時に反応できなかった。ワシントンへ向かう途中でペンシルベニアの郊外に墜落したユナイテッド航空九三便で起きたことが、あの日に行われた唯一の直接的な反抗だった。

アメリカン航空一一便とユナイテッド航空一七五便がツインタワーに突入した。その直後から数時間後にかけて、数十万人という人びとが自分の身を守りつつ、互いに手を差し延べ、周りにいた者に助けられながら建物や一帯から脱出した。ＰＳ１５０

（小学校）とリーダーシップ＆パブリックサービス高等学校はいずれも成功裡に避難を完了した。つまり犠牲者をひとりも出さなかった。教師が自宅に生徒を避難させたケースが多かった。

警察官が徴用したヨットから歴史的な消防艇まで、即席で集められた船を使って三〇万人から五〇万人の人びとがロワー・マンハッタンから避難した。これは、規模でいえば第二次世界大戦初期のイギリス軍のダンケルク脱出に匹敵する、偉業というべき水運作戦だった。なんとなればイギリスの艦隊が数日かけて脱出させたのに劣らない人数を、この船団はわずか数時間で救い出したのだ（前者がドイツ軍の砲火の中の作戦であったことはいうまでもない。しかしニューヨークのフェリー船員やプレジャーボートの船主たちは、多くの者がまだ暴力がつづくと考えていたその日のうちに、有害物質の粉塵の中へ突入することをためらわなかった）。

北タワーの八七階から同僚とともに階段で避難したアダム・メイブルムは、直後にインターネット上にメッセージを送った。「彼らは私たちを恐がらせることはできなかった。私たちは落ち着いていた。私たちを殺したいのなら放っておけばいい。自分たちでやるだろうから。私たちに力を与えたいなら攻撃すればいい。私たちは団結するだろう。これはアメリカに対するテロリズムの決定的な失敗だ」。

しかし私たちは失敗した。自らの政府とメディアに、地球の反対側の小さなグループが達成できなかったことを許してしまった。正確にいえば、さまざまな反応がある中で、私たちの中には失敗した者がいた。一方で、より急進的、積極的になり、それまでよりも教養を身につけた者もいた。ニューヨーク・コーヒー・砂糖・ココア取引所の責任者マーク・フィッチェルは、9・11のその朝、避難する群集の中で押し倒されて両膝にひどい擦過傷を負い、「小柄な老婦人」に助け起こされた。それにもかかわらず翌日には通常通り取引所を開いた。彼は六カ月後に仕事を辞めてイスラム教を学びはじめ、イスラム教について教えるようになった。

9・11の朝、エイダ・ロザリオ＝ドルチは、妹のウェンディ・アリス・ロザリオ・ウェークフォードへの心配を脇において（彼女はツインタワーで死亡した）、現場から二ブロック先の、自分が校長を務める高校の避難を進めた。彼女は二〇〇四年にアフガニスタンに行き、ヘラートという街に、ウェークフォードを記念する庭のある学校を設立した。

利他主義の砂嵐のなかで

ハリウッド映画や政府のパンデミック対策のあまりの多くには、私たちの大半は臆病者か人でなしで、危機やカオスが生じればすぐにパニックを起こし、お互いを踏み付けにし、暴れ、そうでなければ困惑して立ちすくんでしまうという相変わらずの前提がある。私たちの多くもそれを信じている。しかしそれは人類に対する誹謗であり、現実の無視であり、私たちが災厄に備える力を深く傷つけている。

ハリウッドがそんな見方を好むのは、そうすればエキストラの群集が悲鳴を上げて逃げ惑い、超人めいた人物が前景で活躍するような映画を制作できるからだ。救わねばならない愚かで無力な人びとがいなければ、ヒーローも必要なくなってしまう。というより、むしろヒーローがいない世界では私たちがみなヒーローだということが明らかになってしまう。それは、たとえばフィッチェルを助け起こした老婦人のように、ステレオタイプなヒーローとはまったく違うものかもしれないとしても。政府も似たような理由で悲惨な想定を好む。つまりそれによって政府が抑圧的で、統制的で、非友好的な権力として存在することを正当化できるからだ。勇敢で力づよい市民の協力者としてではなく。

仮にニューヨーク市民が冷静さを失い、危険な建物や被害を受けた一帯から助け合いながら避難しなければ、あるいは倒壊した建物や粉塵の中から人びとを引っ張り出すために手を差し延べなければ、9・11ではるかに多くの人びとが死んでいたかもしれない。あの朝ツインタワーにいた人はいつもより少なかったが、それは当日が選挙の投票日で、仕事へ向かう前に投票していた人が大勢いたからだった。象徴的にも思えることだが、多くの人が自分の民主的権力を行使していたゆえに命拾いした。その他の人びとは共感力と利他心を発揮した。半身不随の会計士ジョン・アブルッツォがツインタワーから避難するとき、六九階分の階段を抱え下ろしたのは同僚たちだった。

大学ではスポーツ選手だった若者ジョン・ギルフォイは9・11の避難を次のように回想している。

走り出して後ろを振り返ると、ありえないほど濃い煙が二、三ブロックのところまで来ていて、巻き込まれると死ぬと思った。あれは無理、窒息するからね。しかもこっちに迫っている。ただ走っていて、みんな叫んでいたのを覚えている。僕はどういうわけか冷静で、同僚たちより少し足が速かった。だからときどき止まったり、ゆっくり走ったりしてだれも置いていかないようにしなきゃいけなかった。

パニック映画の中であれば、彼は利己的で社会的ダーウィニズム的な、他者を犠牲にした生き残りを試みていたかもしれない。あるいは単純にパニックに陥っていたかもしれない。それが私たちに想定されている災害時の行動なのだから。しかし9・11の現実において、極度の危険の中で彼が取った行動は仲間のために歩調を緩めることだった。

あの日多くのニューヨーク市民は、大きなリスクを冒して、同じような連帯の行動に身を投じた。実際のところ、私が読んだ数百件ものインタビューや、『災害ユートピア』執筆のための調査として自分で行った聞き取りを全部あわせても、大規模な避難行動の中で自分が置き去りにされたり、危害を加えられたと語る者はひとりも見つけることができなかった。人びとは恐怖から慌てて行動していたものの、パニックは起こさなかった。災害社会学の専門家は、念入りな研究によって思い込みに反する多くの結論を導いているが、災害におけるパニックの発生はないとはいえない程度の稀な現象であることがわかっている。これは私たち自身がつくり上げてきた、自分たちの弱さについての神話の一部なのだ。

パキスタン出身の青年ウスマン・ファーマンは、自分が転倒したときの出来事をこう語った。ハシド派のユダヤ教徒が足を止め、アラビア語が書かれた彼のペンダントを見た。「彼はブルックリン訛りの低い声で言ったんだ。兄弟《ブラザー》、いやでなければ俺の手につかまれよ、ガラスの粉が降ってくる、さっさとここから逃げ出そう、と。まさかハシド派の人に助けられるとは思ってもいなかった。彼がいなかったら、たぶんガラスの破片と瓦礫の下敷きになっていただろう」。ある盲目の新聞販売員の場合は、二人の女性に安全な場所まで導かれた後、三人目の女性にブロンクスの自宅まで送りとどけられた。

消防局の採用担当者エロル・アンダーソンは建物の外でその粉塵の煙に巻き込まれた。

数分間は何も聞こえなかった。死んであの世に来ちゃったかなと思った。それから自分だけ生き残ったか。不安で気が動転しそうで、どうしたらいいかわからなかった。何も見えないし。……四、五分くらい経って、まだ逃げ惑っているときに若い女の声が聞こえてきた。泣きながら、神様、どうか見殺しにしないで、死なせないで、と言っていた。その声を聞いたときはほんとうに嬉しかった。僕は言った、「そのまま声を出して、そのまま話しつづけて。ぼくは消防隊員です、その声であなたを見つけますから」と。どうにかお互いを見つけ出して、気がつくとぼくらはお互いの腕に飛び込んでいた。

彼女は彼のベルトを握り、やがて何人かがその後に続いて人間の鎖をつくった。彼はみなをブルックリン橋まで導いた後、崩落現場へと戻った。その橋は数万人のための徒歩避難路となった。何時間もの間、人びとの河がその上を流れつづけた。対岸では、ハシド派のユダヤ人が避難してきた人びとに水のボトルを渡した。周辺から集まった者や数日のうちに集まった大勢の国民がロワー・マンハッタンで合流し、ボランティアとして金属の溶断や瓦礫の掘削、看護、調理、清掃をかって出て、あるいは相談や話の相手となって、そのすべてをやりとげた。

八年前のあの日、ニューヨーク市民は勝利した。その勝利は冷静さ、強靭さ、寛大さ、創意、そして親切さとともにあった。そして、これはあの時と場所に限られたことではなかった。一九〇六年に大地震に見舞われた時のサンフランシスコ市民。第二次世界大戦で大空襲を受けていた時のロンドン市民。ハリケーン・カトリーナ襲来後のニューオーリンズ市民の大半。現実には、ほとんどの災害において、被災したほとんどの場所で、ほとんどの人びとがこういった善意と尊厳を失わない行動をしていたのだ。

違う展開もありえた

八年前のあの朝をきっかけにして、どんなことが起こりえたのか考えてみよう。ツインタワーの崩壊につづけて生じたものが、偏見や嘘や現実の歪曲や恐怖のプロパガンダの氾濫ではなかったら、どうだっただろう。そういったものはブッシュ政権のアジェンダを後押ししつつ、私たちを痛めつけた。私たちとはアメリカ人、イラク人、アフガニスタン人、さらにその他の多くの人びとのことだ。なぜなら、あの日の攻撃で死んだ者の国籍は九〇カ国に及び、おそらくそれよりずっと多くの国の出身者が、後にグラウンド・ゼロと呼ばれる場所を生き延びていたからだ。

少し前に、ロベルト・シフエンテスというチカーノ〔メキシコ系アメリカ人〕のパフォーマンス・アーティストと話をした。当時ニューヨークに住んでいた彼もまた、多くのニューヨーク市民と同じく、あの時、悲劇の只中で生じていたほとんどユートピア的な一瞬への驚きを忘れていなかった。あの時はだれもが物事の意味や外交や歴史について語ることを望み、街中で他人と議論をしていた。それは、互いに向き合い、途轍もなく大きな問題に向き合おうとする、情熱に満ちた一瞬だった。アラブ人と同じ肌の色をしていたシフエンテスは、何度か脅されたり危害を加えられたりしそうになった。しかし彼は、あの瞬間の途方もない解放感と、人びとの始めた大いなる対話に衝き動かされて、喜びを嚙み締めながらその輪へ加わっていった。

五年間の調査と、二〇年前のサンフランシスコのロマ・プリータ地震の経験からわかったのは、災害がしばしば奇妙な喜びをもたらすことだ。当時、一九歳でニューメキシコに住んでいた私の友人ケイト・ジョイスは、二〇〇一年九月一一日その日の朝に飛行機でニューヨークに降り立った。その後の数日間、彼女は一四丁目にある公園のようなユニオン・スクエア広場で過ごした。そこは人が集まる場所になっていた。彼女はあの何日間かの日々、つまり私たちがほとんど文句のつけようのない団結《ユニオン》を手にしていた時、ユニオン・スクエアに成立した驚くべき空間を味わった。「過去と現在を問わず、生活を左右している人びとの対立、矛盾、つながりについて熱く語り合いました」と後に彼女は私に書いてきた。「何時間も、夜もその場に留まり、そのまま一週間くらいどこにも行かず、哀しみと失意と、いま何かが変わりつつあるという酔うような感覚をわかちあっていました」。そんな対話があらゆる場所で始まっていた。

私たちはそんな、ほとんど文句のつけようのない団結を手にした。そして、それを奪われるままにした。

あの9・11で多くの者が命や配偶者や親を奪われはしたが、敗北した者はいなかった。少なくともあの日には。そのまま敗北せずにいるためには、このような出来事は途方もなく過酷ではあるけれど、私たちアメリカ人がそう思い込みたがるほど珍しい出来事でもなければ、克服できないものでもない、ということを認識しなければいけなかったのだろう（9・11以降には、たとえば二〇〇四年のインド洋大津波、二〇〇五年のパキスタンの地震、二〇〇八年のミャンマーの台風でははるかに多くの死者が出た。アフガニスタンやイラクやコンゴの戦争はいうに及ばない。この国でいえば、あの日以降に家庭内暴力で死んだ者の方が多い）。

9・11の嵐に曝されたニューヨークの住人は被災者と見なされた。四年後のハリケーン・カトリーナの後のニューオーリンズでは、住人たちは人非人のような扱いを受けた。どちらの街でも、被害を受けた人びとの大半は、実際には無力でもなければ凶悪でもなかった。彼らはそのどちらでもない「市民」、つまり単なる身分ではなく市民的関与《シビック・エンゲージメント》の意味において市民だった。どちらの場所でも、平凡な人びとが並外れた臨機応変さや寛大さや親切さを発揮した。一部の警察官や消防士や救助隊員、ごくわずかな政治家も同じだった。どちらの場合でも、大半の政治家は私たちを右往左往させるだけだった。仮にあの九月の出来事に何かを望めたとしたら、政治家が邪魔をしないことと、人びとがもっとニュースやニュースの制作者に疑いをもってくれることだろうか。

メディアも私たちと出来事の間に立ちはだかり、戦争やヒーローに関する陳腐で紋切り型の言説を繰り返して私たちを裏切った。彼らは「対テロ戦争」という妄想的な概念を率先して受けいれ、サウジアラビアで生まれた原理主義グループであるアルカイダがサダム・フセインの率いるイラクの世俗主義政府とつながっていて、私たちはイラクの「大量破壊兵器」という神話のようなものを恐れるべきだと主張する政府を質すことを拒んだ。私たちが一九九一年から間断なくイラクを爆撃しつづけている、という現実に彼らが言及することはほとんどなかった。

9・11後のことは、すべてがまったく違う展開になることもありえた。仮にそうなっていれば、キューバに造られた我が国の強制収容所で、嫌疑も釈放期日もなしに監禁されている子どもたちは存在しなかったかもしれない。アフガニスタンの田舎やイラクの砂漠で、結婚の祝宴を殺戮の場に変える無人航空機も存在しなかったかもしれない。四肢のいくつかを失ったり、脳や精神に深刻なダメージを受けてアメリカに帰国する兵士たちも存在しなかったかもしれない（ランド研究所によれば、二〇〇八年初頭までにイラクとアフガニスタンに派遣された兵士のうち、外傷性脳損傷患者はすでに三二万人に上る）。現在までにイラクで四三三四人、アフガニスタンで七八六人に上る、その後のアメリカ人の死も存在しなかったかもしれない。建設的なプロジェクトから引き揚げられて軍事産業につぎ込まれる、何兆ドルという金も存在しなかったかもしれない。合衆国憲法の人権規定が骨抜きにされることも、行政府が不当に権力を欲しいままにすることもなかったかもしれない。ひょっとしたら。

私たちこそが記念碑だ

すべてが違っていたかもしれない。もう今では遅すぎる。しかし、私たちがどのようにこの事件やハリケーン・カトリーナなどのブッシュ時代の大きな出来事を記憶し、記念するのかを考え直し、そうやって将来の災厄に備えることに遅すぎることは決してない。

二〇〇五年八月二九日にメキシコ湾岸にハリケーンが上陸するまでの九九年間、アメリカ史上最大の都市災害が起きたのは私の住むサンフランシスコだった。二万八〇〇〇棟の建物を含めて街の半分が破壊され、おそらく約三〇〇〇人が死亡した。一九〇六年四月一八日の早朝に起きた地震は、直接の被害も甚大だったが、火災はそれ以上だった。倒壊した建物や破断されたガス管から発生した火災もあれば、プレシディオ基地から街の北側に進入した陸軍が防火帯を作ろうとした結果、むしろ拡大してしまった火災もあった。

現場の指揮をとった陸軍准将フレデリック・ファンストンは、人びとはただちに大混乱に陥るだろうと予測し、自分の任務は秩序を再建することだと考えていた。災害直後の数日間に現実に起きたことはどちらかといえばその逆であり、軍や州兵は市民の消火活動や私財の持ち出しをやめさせ、人びとを略奪者と見なして銃撃し（その中には救助隊員や通行人も含まれていた）、人びとはおよそ敵であると見なしていた（これはカトリーナ被災後の「救援」にあたった当局者の一部も同じだった）。多くの災害と同じように、外部からやってきた災いが、エリートたちの恐怖心や制度的な失敗によって内部で拡大された。それでも、サンフランシスコ市民は自らの力で見事に秩序を維持し、対処可能な火災には手を打ち、無数の共同調理所を開設し、離散した家族の再会を助け合い、再建に着手した。

私たちは今も毎年「ロッタの噴水」で地震の記念行事を行っている。そこは9・11後のユニオン・スクエアのように、多くが瓦礫と化した中心部でサンフランシスコ市民が集まった場所だった。夜明け前に数多くの人が集まり、「サンフランシスコ」という他愛のない歌を合唱し、赤十字が配布するホイッスルをもらい、だんだんと数が減っている当時の生存者に敬意を捧げる。

サンフランシスコは今この記念行事を、次にやってくる災害に備えなければならない、というメッセージを伝える場所として活用している。これは9・11の後に国土安全保障省が広めていた、恐怖とダクトテープと盲従、そしてさらなる恐怖によって「備える」のだという話ではなく、物資と戦略についての現実的なメッセージだ。私の街にはNERT《ナート》――ナードに似ているが「近隣緊急応答チーム」の略である――の資格を得たい人向けの訓練もある。住民のうち約一万七〇〇〇人はバッジとヘルメットを持つNERTメンバーだ（私も含めて）。

災害を経験した街、あるいはこれから経験するかもしれないすべての街は、記憶と備えのための祝祭をもつべきだ。まずひとつには、サンフランシスコ市民のように、打ち負かされることなく、今も無力ではないことを記念するために。そして、しばしば災害のときにこそ私たちが最良でいられることを思い出すために。たとえ束の間であっても、その何時間か何日間かの間に、おおぜいの人びとがもっとも充実した共同体や使命感や力を経験したことを忘れないために（本来、指揮を執るべき立場にいる者の多くがおののいてしまうほどに）。ハリケーン・カトリーナから四年目を記念する日に、ニューオーリンズ市民にはベルを鳴らし、花輪を捧げ、祈り、スーパードームを人の輪で囲もう、との呼び掛けがあった。スーパードームは、ハリケーンと洪水の中に置き去りにされた人びとの最後の頼みの綱となった惨めな避難所だ。そしてもちろん音楽にも耳を傾け、街を練り歩くセカンドライン・パレード〔ニューオーリンズの伝統的なパレード〕の踊りの輪に加わり、それだけではなくボランティア活動と再建もつづけていこう、と呼びかけていた。(もしかすると、あの災害で見過ごされているもっとも大きな存在は、政府が動かないとき街の支援のために各地からやってきて、今も活動をつづけている大量の市民ボランティアかもしれない)。

ニューヨークでは9・11の記念日に光のタワーの演出があり、犠牲者の名を読み上げている。しかしそこでは市民に対して、自分たちの力を自覚して次なる災厄に備えよう、と呼びかけているようには感じられない。[75] しかしサンフランシスコ、ニューヨーク、ニューオーリンズには「次回」があるだろう。そして異常気象や経済の波乱が頻発する時代であることを思えば、この国に限らず、ほかの数多くの街々にその可能性がある。

再建された街。その後の防災意識の高まり。それぞれに日常生活をつづける人びと。それらこそがサンフランシスコが求めていた、そしてあらゆる街が必要とする、災厄を乗り越えるための記念碑だ。ニューヨーク市民は、その街で起きたことを思い出すために、たとえばユニオン・スクエアに集まることもできたはずだった。ヒーローとは男だけではなく、制服を着た者とも限らず、それどころかあの日、あらゆる場所の、ほとんど全員がヒーローだったことを本当の意味で思い出すために。

あの一週間にそうしたように、彼らは心を開いて悲しみ、喜び、死、暴力、権力、弱さ、真実と嘘について語りあうことができたかもしれない。何が安心と安全をつくりあげるのか、この国に別の道はなかったのか、そのことにこの国の外交やエネルギー政策はどう関わっているのか、そんなことを熟考することができたかもしれない。通りに繰り出して、ニューヨークが今も偉大な街だということ、だれも恐れをなして社会や生活から隠れたり逃げたりはしていないことを示すために、デモ行進をすることもできただろう。アメリカの中でおそらくニューヨーク市民がもっとも巧みに毎日やっていることを、より意識的に誇示することもできただろう。それは、肌の色や国籍や階級や意見の混ざりあう坩堝の中で、大胆に、かつオープンに共存しながら、恐れを知らずに他人と言葉を交わし、人びとの中で生きることだ。

死者は記憶されなければならない。しかし生者こそが記念碑だ。平時には穏やかに共存し、非常時にはお互いを助けあう生者こそが記念碑なのだ。あの朝、市民社会はこの上ない勝利に輝いていた。それを見てほしい。それこそが私たちだったのであり、私たちの可能性なのだということを覚えておいてほしい。

すべてがばらばらになり、すべてがまとまりつつある（二〇一四年）

その公文書がかつてなく私の胸をおどらせた理由はただひとつだった。フランス革命暦第六年の熱月《テルミドール》二一日という日付があったからだ。セピア色のインクで厚い紙に書かれたこの文書は、今のいい方では一七九八年の晩夏に、フランスの中央あたりで行われた土地の競売を記録したものだった。ただ、最初のページに書かれた日付は、この文書はフランス革命の現実が日常生活を凌駕し、権力の分配や政府のあり方といった根本的な物事が驚くべき生まれ変わりを遂げつつあった時に作成されたことを意味していた。一七九二年に第一年から始まる新しい暦は、社会そのものを最初からやり直すためにつくられたものだった。

サンフランシスコの静かな通りの小さな古物店で、私は先の千年紀に起こったもっとも大きな規模の動乱の只中からやってきた遺物を手にしていたのだ。それは数週間前に触れた、偉大なファンタジー作家にしてフェミニストのアーシュラ・K・ル＝グウィンの言葉を思い出させた。ある賞の授賞式のスピーチで彼女はこう言った。「私たちは資本主義の中を生きています。その力は逃れようがないものに思えます。それは神授王権も同じでした。人間の権力であるかぎりは、どんなものでも抵抗できるし、人間によって変えることができるのです」。私が五ドルで手に入れた文書は、神に与えられた王権は不可侵であるという考えをフランス人たちが否定し、自分たちの王をその罪に従って処刑し、別の政体の形を試みようとした、その五年後に作成されたものだった。その実験は失敗に終わった、ということはよくいわれる。しかしフランスは、絶対王政や、それに正当性があるという考えにまで後戻りすることはなかったし、その実験は別の解放運動を世界中で触発するものになった（そして各国の君主や貴族を震撼させた）[76]。

アメリカ人は、物事は変えようがない、将来も変わらない、自分たちには変える力もない、といった自己満足と綯い交ぜになった絶望にひたるのが上手である。歴史や今起きている出来事について忘れていなければ、あるいは無知でさえなければ、私たちの国や私たちの世界がいつも変化しつづけてきたこと、現在も大規模で悲惨な変化の最中であること、時として大衆の意思や理想主義的な運動によって変化が起きたことに気づかずにいることはできないはずだ。今、気候が要求しているのは、私たちが力を奮い起こして化石燃料の時代――おそらく、それに加えて資本主義の時代の一部――を過去のものにすることだ。

巨人を倒す方法

ル゠グウィンの言い方を借りれば、物理学は逃れようのないものである。大気に二酸化炭素を排出すればこの惑星は温まり、この惑星が温まればいろんなものが混乱して崩壊するということだ。一方、政治は逃れようのないものではない。たとえばしばらく前には、この国で三番目の巨大企業であるシェヴロン社が、精製所の街であるカリフォルニアのリッチモンドを、まるで私有地のように支配するのは当然のことだと思われていただろう。いわば、シェヴロン社に天が授けた権力は逃れがたいものに思えていた。ただし、人びとはそう信じることを拒み、この人口一〇万七〇〇〇人ほどの、ほとんどが低所得の非白人の街はそれを押し戻すことに成功した。

ここ数年間、シェヴロン社の膨大な資金投入にもかかわらず、市議会や市長の選挙で進歩派のグループが勝利を収めている。ちなみにシェヴロンが世間にもたらしたものといえば、エクアドル沖やブラジル沖での莫大な規模の原油流出事故、ナイジェリア沖の石油基地での爆発事故、そして鉄道でリッチモンドの精製所に運び込んでいるカナダ産オイルサンド由来のビチューメンである（オイルサンド（タールサンド）は炭化水素類を含む砂や砂岩、ビチューメンはそこから抽出できる重質の油のこと。代表的な産地はカナダ西部やベネズエラ東部。オイルサンドは石油代替資源として注目されているが精製には大量の水とエネルギーを必要とし、その過程で生じる汚染物質による環境汚染や、温室効果ガスの排出による地球温暖化への悪影響が指摘されている）。リッチモンドで有名だったものといえば、高い犯罪発生率と、ときどき住民に屋内への緊急避難指示が出される（そして屋内にいれば大丈夫という振りをしている）シェヴロン社の精製所からの有害廃棄物である。ゲール・マクローリン市長をはじめとする人びとは、その街に小さな革命を起こしてみせた。

マクローリンが語るように、彼女の市長時代には——

> 私たちはたくさんのことを達成しました。より良質な空気を呼吸できるようになり、汚染は削減され、よりクリーンな環境、クリーンな仕事をつくり、犯罪発生率を低下させました。私たちの街の殺人発生件数はこの三三年間で最低になって

います。人口あたりのソーラーパネル設置数でベイエリアのトップです。私たちの街は特別な場所なのです。そして私たちは住宅所有者を差し押さえや立ち退きから守っています。加えて、シェヴロンには追加で一億一四〇〇万ドルの税金を払わせることができました。

二〇一四年一一月の選挙では、世界第二位の石油会社が、マクローリンらの進歩派候補を退けて自分たちの候補に勝たせるために、公表されている限りで三一〇万ドルを投入した。計算上は有権者ひとりあたり一八〇ドルになるが、リッチモンドの政治に長く関わっている私の弟のデヴィッドによれば、この街の政治に影響力を行使するために投入されるその他の費用をすべて考慮すれば、その一〇倍にはなるだろうとのことだ。シェヴロンは敗けた。彼らの立てた候補はひとりも選出されなかった。一方で、看板、パンフレット、テレビ広告、ウェブサイト、その他のあらゆる手段によって繰り出される、湯水のように金を使った中傷キャンペーンに対抗して戦った草の根の改革派候補はみな当選した。

もし小さな草の根の連帯が、地方選挙で時価総額二三一八〇億九〇〇〇万ドルの企業に勝利できるなら、グローバルな連帯は巨大な化石燃料企業に勝てるかもしれない。リッチモンドは困難な戦いだった。スケールを大きくしても楽に勝てることはないだろう。ただし、それは不可能なわけでもない。リッチモンドの進歩派は、現体制は不可避でも永遠でもないことを想像し、その想像を実現するための作業に足を運んで汗を流すことによって勝利した。億万長者や化石燃料企業は政治に積極的に介入し、私たちには傍観していることを期待している。いろいろな運動に対する彼らの反応をよく観察すると、私たちが目を覚まし、姿を現わし、彼らに対抗して力を発揮すれば彼らは私たちを恐れることがよくわかる。

フランス人が絶対王政の時代を終わらせたように、私たちは化石燃料の時代を終わらせねばならない。私たちはそれが不可能とも可能ともいうことはできないし、何が可能かということ自体がものすごい速度で変化しつづけている。

三種類のヒーロー

エネルギー技術に取り組んでいる技術者に目を向けると――おそらく現代は技術者が私たちの陽の当たらぬヒーローとなる時代だ――未来は途方もなくエキサイティン

グなものになる。少し以前には、気候変動について運動する者の希望はテクノロジーが私たちを救ってくれることを祈るだけだった。四〇万人が参加した二〇一四年九月二一日の気候変動デモでは六枚の大きな横断幕が掲げられていたが、そのひとつには「解決策はある」と書かれていた。風力や太陽光利用、その他の技術は急速に普及し、設計も改善され、コストも下がっている。当分の間は飛躍的な改良が行われてゆくことが確実だろう。

アメリカ国内でもその他の国でも、すでにクリーン・エネルギーが化石燃料より安価になっている地域は少なくない（原油価格が急落すれば多少の混乱はあるかもしれないが、現状では、その場合も無理のある悪辣な燃料採掘プログラムの費用対効果を低下させるという望ましい効果はある）。良質で安価なテクノロジーはどんどん普及していて、まともな財務アドバイザーは化石燃料や従来型の集中的な発電所はもはや投資先として不利だといい、「カーボン・バブル」の危険性を指摘するようになっている（これは投資引き揚げ《ダイヴェストメント》運動が、実際的な問題のみならず、この産業のモラル面での課題に関心を喚起しているサインである）〔カーボン・バブルとは、二酸化炭素の総排出量の抑制を前提とすると、企業の保有する化石燃料資産の一部が回収不能になる（すなわちその資産が過大評価されている）ことを指摘する言葉〕。テクノロジーの前線には私たちを勇気づけてくれるものがある。

それが行動に向かわせるアメだとすれば、ムチもある。科学者の発言に耳をかたむけていると――科学者たちもまた私たちの時代のヒーローだ――ニュースになる物事はどんどん不安を誘うものになっている。さわりはもうご存知だろう。予測不能な気候、各種の気象記録の更新、今年の数カ月間かが記録上もっとも暑い月だったこと、平均より高い気温が三五五カ月連続していること、氷が融けつづけていること、海の酸性化がさらに進行し、生物種は絶滅し、熱帯病は拡大し、食料生産性は低下し、その結果飢餓が増大していること。多くの人は私たちが直面しているものをまともに理解していない。それは、地球やその仕組みについて十分に考えていないからだ。あるいは、地球がどれほど繊細で精妙な相互依存関係や均衡によって成立しているか、それが最後の氷河期の終わりとともに出現した豊潤で穏やかな地球をいかにして成立させてきたかということを飲み込めないからだ。そうしたことは、私たちの多くにとっては現実感がなく、明瞭でもなければ直観的にわかることでもないし、目に見えることでもない。

それを領分にしているのが、気候と何らかの関わりのある分野に従事しているおびただしい数の科学者だ。彼らの多くは恐れと心痛とともに、私たち人類と、私たちの拠って立つシステムへの気候変動による破壊的な影響を食い止める切迫した必要性を感じている。外から見ている者の多くは、もう何をやるにしても遅すぎると思っている。早過ぎる絶望が常にそうであるように、それは私たちが何もしないでいる口実だ。いろいろな意見はあるものの、事情に通じている者のかなりの部分は、私たちが今やることこそがきわめて重要だと考えている。最良のケースと最悪のケースの違いはきわめて大きく、未来はまだ確定していないからだ。

四〇万人が参加した二〇一四年九月の気候変動デモの後、私は友人のジェイミー・ヘンに現状をどう考えているか尋ねた。彼は350.org〔気候危機に取り組む国際環境NGO〕の共同設立者で、広報責任者を務めている。彼は「すべてがばらばらになりながら、すべてがまとまりつつある」と言った。陰鬱な科学ニュースの影が覆う中に、技術や社会運動の勇気づけられる報告が届く現在を端的に表現した言葉だ。それは第三のヒーローの存在を教えてくれる。科学やエンジニアリングのような特別な資格は要らないヒーローたち、つまりアクティヴィストのことだ。

新しいテクノロジーは、それが実用化され、古いテクノロジー、つまり二酸化炭素を排出する手段が削減あるいは廃止されてはじめて解決策になる。私たちは化石燃料の大部分については掘り出さずに地中に留め、石油の時代から離脱する必要がある。それが科学者が導き出し、アクティヴィストたちが広め、後押ししている比較的最近の結論だ（加えて、代替技術を考案しているエンジニアたちのおかげで想定可能なものになっている）。目標は温暖化を摂氏二度に抑えることだが、わずか一度の温暖化による現在や今後への影響を目の当たりにした科学者たちは、何年も前に定められたこの目標も甘すぎるのではないかと疑問を呈している。

仮に化石燃料の経済を解体できれば、石油が世界情勢や各国の内政に及ぼしてきた歪な力の多くを解体するという望ましい副作用もあるだろう。もちろん今その力を手にしている者は死に物狂いで抵抗するはずだ。それこそが現在の気候変動運動が直面している戦いにほかならない。それは投資引き揚げ運動から、反フラッキングの運動、キーストーンXLパイプライン計画などの計画を阻止する運動（キーストーン・パイプラインはカナダと米国を結ぶ石油パイプライン。第三フェーズまで建設が進められたが、最終段階であるXLは中止された）、タールサンドの件、あるいは成功を収めた国内の石炭火力発電所閉鎖および新設の阻止まで、数多くの前線で戦われている。

あなたは戦時下で何をするのか？

気候変動の問題に熱心な関心をもち、私たちが運命のわかれ目に生きていることを本当に理解している人のすべてが運動の中に自分の役割を見出したなら、驚くようなことが起こるかもしれない。今起きていることは、危機への対応には十分ではないとしても、すでに目覚ましいことだ。数年前には、化石燃料に関する投資引き揚げ運動は存在しなかった。それが今では数百もの大学キャンパスやその他の施設で展開されている。官僚機構の頑固さはいまだに手強い相手だが、注目すべき勝利もあった。ロックフェラー財団（ジョン・D・ロックフェラーが石油産業の立ち上げに果たした役割によって富を得た）は、昨年の九月の終わりに、化石燃料から資産八億六〇〇〇万ドルを引き揚げることを約束した。スコットランド、ニュージーランド、シアトル等々の、世界中の宗教組織、大学、自治体、年金基金、各種の財団など八〇〇を越える組織が同じような決断をしている。[77]

キーストーンXLパイプラインは、仮にアクティヴィストが関心をもたなければ何年か前には完成し、何事もなく運用が始まっていたかもしれない。[78]この件は激しい議論の交わされる広く公共的な問題となり、近年に大統領が姿を見せる場所ではほとんど必ずデモンストレーションが行われるほどだった。この激しい論争の中で、（私を含めて）多くの人びとがカナダ・アルバータ州のタールサンドという、膿んだ巨大な腫れ物のような、汚泥とビチューメンと毒で汚染された池沼の存在を教えられた。カナダ人、とりわけその周辺のカナダ先住民の素晴らしいはたらきによって、内陸に留め置かれた物質を沿岸へ、つまり精製所や輸出先へ送るその他のパイプラインは遮断された。現在その一部は列車で運び出されているが、鉄道はパイプラインより著しくコストが嵩むうえに原油価格が急速に下落しているため、ほとんどのタールサンドのプロジェクトはパイプラインがなければ利益の出ない状態になり、事実上中止されている。

気候変動運動は成熟した。それほど昔ではない時代に不可能と宣告されていたことを数多く実現した（以下は二〇一六年の追記。カナダでは、新たに選出されたジャスティン・トルドー首相がカナダ北西部沿岸での石油タンカーの航行を禁じたため、アルバータ州のタールサンドに検討されていたもう一本のパイプライン計画も頓挫した。この件が報じられたころには、その他にもいろいろな画期的な判断が下された。アメリカ大統領は北極地方での燃料採掘を禁止し、公有地のリースによる新たな石炭採掘を停止した。ユタ州では新たなリースによる石油やガスの採掘が停止された。オレゴン州ポートランドでは化石燃料インフラの新設が禁止されたが、これは地方における気候変動への法的な取り組みのモデルになるだろう。また、公有地および一部の沿海におけるすべての石油・ガス採掘のための新たなリースの禁止を命じる法案が上院に提出された（これはおそらく廃案になるだろうが、状況の変化を示すサインではある）。そしてニューヨーク州では二つの画期的な勝利があった。二〇一四年にフラッキングの禁止という歴史的な勝利を導いたニューヨークのアクティヴィストたちは、知事に対して天然ガス港の建設に拒否権を発動させた。さらに調査報道によって、予想される気候変動の影響について正確な情報を得ていたエクソン社がそれを隠蔽したことを暴露し、ニューヨーク州の法務長官は、世界最大の石油企業に対して刑事捜査を視野に入れた召喚状を出すことになった）。

実際のところ、気候変動に取り組む運動の規模や成果は見かけよりも大きい。ほとんどの人はその運動をひとつも見ていない。しっかり目を凝らして見れば、片やグローバルな問題に向き合う実にさまざまなグループがあり、片やフラッキングをはじめとするローカルな問題に立ち向かう大勢の人がいることがわかるはずだ。たとえば国内では二〇一四年一一月にフラッキングを禁止したテキサス州デントンとか、アメリカではじめて州全体のフラッキング禁止を実現したニューヨーク州の反フラッキング運動家の目覚しい活動がある。あるいは、大学で投資引き揚げキャンペーンを展開したり、気候変動への対策としてエネルギー効率やクリーン・エネルギーの観点を州法に反映しようと活動している人びともいる。

カナダのブリティッシュ・コロンビアで何カ月間もの野営生活と市民的不服従を実践し、バンクーバー近郊バーナビー・マウンテンでの大量逮捕を経験しながらも、タールサンドを太平洋岸へ送り出すパイプライン用トンネルの掘削を阻止しているアクティヴィストたちもいる。オンライン紙バンクーバー・オブザーバーに、逮捕された者のひとりが書いていた。「けれどあの拘置所の房の中に座っているとき、私は肩の荷が下りたように感じた。その重荷を何年間も抱えてきたことにはあまり気がついていなかった。私は、カナダが京都議定書から脱退し、気候変動に対してますます愚かな態度をとっていることが恥ずかしいのだ。それが私たちの社会の価値観ならば、私は進んでその社会の反逆者になりたい」。

未来をつくること

気候変動に取り組む運動は驚くほど成長を遂げた。しかし、危機に見合う運動になるためにはもっとはるかに大きなものになる必要がある。そこにはあなたが入ってくるための場所がある——もしまだそうしていないのであれば。日常という穏やかな歌声は、私たちが未来を拓くために今行動することを求める歴史の声をかき消してしまう。自分が大きな歴史的出来事に参加しなかったとき、自分が目先のどんなことに追われていたのか、私はほとんど覚えていない。しかし今は、そういった状況は相変わらずだけれど、その一部を脇に置かねばならないことがわかっている。

気候変動デモがはじまる直前のころ、私は今から五〇年後、あるいは一世紀後の人類は私たちをどう見るだろうかと考えていた。つまり気候変動が認識され、手を打てることが大量にあり、そのほとんどはまだ手が付けられていない、そんな時代に生きていた私たちのことをどう見るだろうか。彼らは私たちを憎み、蔑むかもしれない。一家の財産を酒とギャンブルに浪費してしまう者のように、自分たちが受け継いだものを無駄にした者だと思うかもしれない。この喩えでいえば、財産とはみんなの場所やもののすべて、まともな秩序が保たれていた自然の世界そのもののことだ。彼らの目には、私たちは家が燃えているときに食器の整理をしていた者のように映ることだろう。

私たちは有名人や刹那的な政治スキャンダルに心を砕き、自分の体の見てくればかり気にしている頭のおかしな人間たちだった、彼らはそう考えるだろう。新聞には毎日、紙面の真ん中に巨大な黒枠で「今朝のニュースをお届けします、**ただし気候変動に比べれば些細なことばかりです**」と注意書きを載せるべきだった、彼らはそう思うだろう。あらゆるニュースの冒頭にも、一日も欠くことなく、そんな前置きをする必要があったのではないか、と。私たちは驀進する破壊者の前に身を投げ出し、天まで届く声をあげて、破壊が止むまですべてを中断するべきではなかったのか、と。彼らに感謝される者はほとんどなく、呪われる者は数多くいるだろう。

これまでにも、あらゆる国に英雄的な人びとがいて、目覚しい成果はあった。この運動は規模も力も大きくなり洗練を経てきたが、必要とされていることに釣り合うためにはさらに大きく成長しなければならない。私もまたそうであることに気づき、今こそ自分の中の優先度を変え、控え目に関わってきた気候変動との関係をもっと幅広く、強力なものにしなければならないと理解した。

今は、あなたがその中に自分の場所を見出す時だ。もしまだそうしていないのであれば。気候変動運動のオーガナイザーは今こそ発信の方法を見直し、たとえば家庭に縛られて手紙を書くくらいしかできない者にも、僻地で直接行動に身を投じられる二五歳の若者にも、あらゆる人にこの変革で果たせる役割を差し出さなければならない。みなそれぞれに果たすべき役割があり、今は、それがすべての人にとってもっとも重要な務めなのだ。人権の問題や社会の公正のためにすべきことや、もっとも弱い者へのケアをはじめとして、ほかにも切迫している懸案は数多くある。しかし気候変動への取り組みは、何をするときもあなたの行動の一部にならねばならない。それは、ほかのすべてのことを捉える大きな視野そのものなのだ（フィリピンのカリスマ的な気候変動担当交渉官だったイェブ・サノは、「気候変動は人権のほとんどあらゆる側面に影響を与える。人権はこの問題の核心にある」と指摘している）。

多くの人は、この危機において重要なのは個人の道徳心だと思っている。それはよいことだが、この問題の鍵ではない。車を運転するより自転車に乗る方がずっとましだし、動物ではなく植物を食べ、自宅の屋根にソーラーパネルを載せることは素晴らしいことだ。ただしそれは、自分は問題の一部ではないという錯覚を与えるかもしれない。仮にあなたが莫大な二酸化炭素を排出している国の住民であるなら、あなたは個人的な消費活動の選択にとどまらない、もっと大きな問題の一部なのだ。それは英語圏の各国や先進国のほとんどすべての者にあてはまる。あなたはシステムの一部であり、あなたが、つまり私たちの全員がそのシステムを変えなければならない。システムを根本的に変えない限り、私たちが助かることはおそらくないのだから。

もう号砲は鳴らされた。エコロジー的な見地でいえば、私たちにはまだわずかな時間の猶予があると科学者は述べている。なくなりつつある時間の中で、即座に、かつ断固として特に化石燃料への依存から脱却すれば、気候変動を摂氏二度の温暖化に抑制することはまだ可能だろう、と。それができれば、物事の流れを変えなかった場合に経験するはずの破壊的な影響よりはずっと軽微な影響にとどまるだろう。

国家への圧力は国と国でお互いに及ぼしあうものではなく、それぞれの内側から生じるものだ。長い間、世界最大の二酸化炭素排出国だったアメリカ（中国に抜かれるまで――その原因の一部はアメリカの製品をそこで製造するようになったからだが）に住む私たちには、とりわけ努力すべき責任がある。圧力は結果を生む。大統領ははっきりとその圧力を感じている。最近結ばれた二酸化炭素排出量の削減に関する米中合意にもそれが反映されている。完璧とか十分というには程遠いものだが、それでも大きな前進には違いない。

どうすればたどりつかねばならない場所へ行けるのか？　それはだれにもわからない。しかし私たちは、二酸化炭素の排出量を削減し、エネルギー経済を改革し、石油企業による支配を脱却し、あらゆるものがつながりあう世界のヴィジョンに向けて進みつづけねばならないことはわかっている。私たちが必要としている変化は途方もなく大きなスケールであり、試みないことには達成できるかどうかもわからない。この先一年のストーリーを書くのは私たちの手だ。それは気候革命暦第一年のストーリーになるかもしれない。二〇〇年以上前にフランスの人びとが彼らの世界を変えたように、人びとの抵抗によってこの世界が根底から変わる、その分水嶺のストーリーになるかもしれない。

今から二〇〇年後の五月、だれかが二〇一九年の文書を手にして思いを巡らせるだろう。なぜなら、それは革命が権力を握り、かつて逃れがたいものと思われていたあらゆる旧弊が一掃され、私たちが可能性を摑み取り、それを我がものとした、その時代に書かれたものだからだ。ル゠グウィンは「人間の権力であるかぎりは、どんなものでも抵抗できるし、人間によって変えることができる」と言った。それは私たちが為すことのできる一切のうち、もっとも過酷にしてもっとも素晴らしい務めだ。今、すべてがそれにかかっている。

あとがき　後ろ向きに、前向きに

　この本が書かれた目的、それはいくつかの夢や価値観を私と同じくするアクティヴィストを勇気づけることだ。私たちはだれもが何かしらのアクティヴィストである。何であれ行動《アクション》(あるいはそれをせずにいること)は影響力をもつからだ。そしてこの本が対抗して書かれた対象、それは敗北主義や拒絶的な姿勢といった、あまりに広まってしまった精神の枠組みだ。政治について語るとき、私たちはそれが権力の世界で展開される純粋に合理的な営みであるかのように語る。しかし、そこへ向けられる私たちの視線やその中でのふるまいは、アイデンティティや感情に根差している。別の言葉でいえば政治には精神生活がある。私が目指したのはそこだった。そこで種を植え、草取りをしたかった。

二〇〇三年から、私は旅に出ては希望や変化について、あるいは市民運動について、ストーリーの力について語ってきた。私が語る考えに似たものにすでにたどりついていた人や、励ましや別の考え方の可能性を欲していた人からは、喜びに満ちた賛同が返ってきた。辛辣さ、敗北主義的な反応、時には怒りが返ってくることも珍しくはなかった。希望について語ると激怒する人がいることには面喰らったものだった。

自分が番人のように不公正や間違ったことや悪についての知識を抱えていて、自分がいなければそれが失われてしまうと思っている人がいた。彼らはそれが語られるべきストーリーだと思っていた。私はそれとは違う感覚をもっていた。私たちに必要なのは、目の前にある悲惨なダメージを覆い隠すことはなく、しかも、それがすべてであるかのように語ることもないストーリーだと思っていた。主流のメディアは私たちがもつ制度の暗部やその害についてはあまり伝えないし、大衆の反乱とか、草の根運動の勝利とか、主流とは別の素晴らしいものもあまり伝えない。どちらもが重要だ。そして前者はすでに十分に注目されているので、私は後者を自分の領分に決めた。

絶望している者は自分の絶望感にたいそう深くとらわれているので、私は、自分のやっていることは左翼がテディベアのように抱き締めている絶望を盗み取ること、と表現するようになった。絶望はあの左翼の一部に何をもたらしたのだろうか？　ひとつには、彼らを責任感から解放した。何がどうなろうと世界がまるごと破滅に向かっているとすれば、自分たちが対応を求められることはほとんど、あるいはまったくない。今現在が快適で安全ならば、何もせずにソファに寝転がって文句を言っていればよい。もっとも危機に瀕している人びとが、しばしばもっとも希望にあふれていたことには驚かされた。アクティヴな人が希望に満ちていたことも多い。ただし、これは逆かもしれない。希望をもっている人の中にアクティヴな人がいる、ということかもしれない。それでも、希望をもつ人ははるかに広い範囲にいて、驚くような場所に希望が見つかることもある。

希望について語る旅を始めたころ、ワシントン州で部屋いっぱいに集まった有色人種の人びとに向かって話をしたことがある。中には公民権運動を記憶している人もいたし、サパティスタの蜂起にメキシコ人として同胞意識をもつ人もいた。私と同じくらいの年齢の小柄でエレガントなアジア人の女性は、鈴の音のように澄んだ声でこう発言した。「それは正しいと思います。希望がなかったら、きっと私は戦うこともなかった。そしてあの苦闘がなければ、たぶん私はポル・ポト時代を生き延びられなかったでしょう」。カンボジアからの移民が当時もつことのできた、ただ生き延びることへの希望がどれほど小さく厳しいものだったかを思えば、それは瞠目すべき発言だった。もっとも不平をかこつ立場にある者の多くがまったくそうしないことには、よく驚かされる。しかし運動の前線に立つアクティヴィストが肉体的および精神的に、そして士気の面でも疲弊している姿はよく目にしてきた。

必死になっている者にとっては、希望の、そして希望を認識するための苦闘のかわりに待っているのは死や窮乏や虐待や、子どもたちの暗い将来、あるいはその将来がまったくないことだ。彼らには動機がある。私が離れたところから活動を注視していたイモカリー労働者同盟は、多くがハイチ人、ラティーノ、マヤ・インディアンの不法移民だが、彼らはこの十年の間、威厳と賢明さと創造性をもって農場労働者の権利のための闘いを続けてきた。農場経営者から生活に必要な賃金を得られないことがわかると、彼らは闘いの矛先をその顧客に向けなおし、マクドナルド、ウォルマート、バーガーキング、タコベル、ホールフーズといった巨大企業を相手に、トマト収穫労働者に対する適正価格を合意させた。その過程において彼らはずっと陽気で、士気も希望も失わなかった。

ある程度は文化的なスタイルに由来するかもしれない。ラテンアメリカの政治にはロマンチックな理想主義がある。世界に可能性を感じ、自分の英雄的な参画を予感する、そんな感覚だ。それをもたらしているのは、ついこの前までいわゆる〈死の部隊〉〔政府の暗黙の了解のうえで政治的反対者や軽犯罪者などを殺害するグループ〕が存在していたことや、目覚ましい蜂起事件がいくつもあったこと、そして波乱の激しい各国の歴史の記憶、良かれ悪しかれすべては突然に変化しうるという感覚から来るものかもしれない。それが言葉の違いとは無関係であることは、過去から現在にかけて、信仰に依拠したり、ヒップホップで士気を高めたりしてきた黒人の社会運動の素晴らしい精神性をみればよくわかる。

そして、私も含まれている中産階級の白人と呼ばれる人びとがいる。私たちの多くは、どうすればそういった別のタイプの人、つまり大それた夢や、高い理想や、深い心の内を語ることのできる人びとのようになれるのか、よく知らないようだ。まるで私たちの内側には、もっとちっぽけで皮肉屋な自我しか残っていないのだ、とでもいうように。この十年あまりの間には、さまざまな出自や人種の、夢を抱く仲間に出会ってきたが、私の属する集団の人びとには、あれこれと自分の限界や惨めさの理由に執着している人が大勢いた。

一九五〇年代生まれの友人は、彼の世代は若いころ本当に革命を期待していたのだという。人びとが武器を手に街に繰り出し、政府を打倒して理想郷を築く、そういう古典的な革命だ。そして、それが実現しなかったことの失望を抱えつづけているのだ、と。私の若いころ、人びとはまだ冗談めかして「革命後の時代」という言い方をしていたが、このフレーズの由来となっているのは、すべてを変えるには体制の転換が必要であり、体制が変わらないかぎり意味がない、という考え方だった。にもかかわらず、すべては変わった。十分とはいえない方面も数多くあったが、それでも途方もなく変化した。そして、すべてに意味がある。友人は同じ境遇の人びとの多くとは違い、私たちは自分たちの時代に起きたもっと根底的な革命について語りあうことができた。人種、ジェンダー、セクシュアリティ、食べもの、経済、その他の数多くのものに訪れた変化、すなわち想像力の中に胚胎され、さまざまなルールの変化へとつながっていった漸進的な勝利についてだ。ただし、そうした革命を見るときには武装した革命家の集団とはまったく違うものを見出すことが求められる。黒と白の間にあるグレーの色味を認識できねばならないし、あるいは、むしろフルカラーで世界を見なければならないかもしれない。

変わってきたことは多い。変わらなければならないことも多い。時代が私たちに求めているのは、これまでに達成されたマイルストーンや勝利を祝福して、少なくともそれを認識して、歩みつづけることだ。多くの人はそうではなく、問題ばかりを見つけようとしているように思える。自分の陰鬱な世界観を強化してくれる問題を探している。完璧でなければ、すべては失敗、失望、裏切りなのだと。それは理想主義ではあるが、あらゆるものが失望にしか結びつかない、非現実的な期待でもある。完全主義者は、しばしば自分を傍観者と位置づけて、そこからすべてが不十分だと文句をつけるものだ。

何かに欠陥がある、悪しき展開が運命づけられている、致命的に損なわれている、あるいは端からダメだという思い込みは、しばしば私がナイーヴな冷笑主義と呼ぶものから生まれてくる。深く関わっているアクティヴィストのようには情報をもっていないこと、結果への責任も軽いことから生じがちなものだ。気候変動について画期的な法制度が実現したときに、その件でいちばん汗を流した人が勝利として賞賛し祝福する一方、その問題のためにはほとんど、あるいは何もしなかった人びとが、成果を軽んじたり否定したりするのをよく目にした。その立法を実現するためにはどんな活動が行われたのか、それがどんな成果につながるのか、そのためにどれほどの逆境を乗り越えてきたのか、彼らは本当にはわかっていない。批判が何らかのアイデンティティを強化する手段になっているようにも思えるが、批判自体はしばしば事実関係があやふやで不正確だ。そしてアイデンティティ自体もよくわからない。敗北に結びついたアイデンティティなのか。いずれにせよ、そうした尊大な批判が、現実的で、知識や経験に基づく態度として表現されることが少なくない。そのどれとも関係ない場合もだ。

ナイーヴな冷笑主義者は、実現された立法や勝利や画期的な成果を、過去や、これまでの可能性の限界に照らして評価するのではなく、彼ら自身が抱く完全さの理念において評価する。この本で述べてきたように、完全さという尺度の前ではあらゆるものが不十分にみえる。彼らは、何かを称賛することは、私たちの背中を押していた不満足を帳消しにしてしまうのではないかと恐れている――不満足が私たちを救いのない場所に宙づりにするのではなく、むしろ背中を押してくれるという仮定とともに。私たちがどうやって悪い場所から良い場所へたどりつくのか、死から生存へ、もしかしたらその先の繁栄へ至ることができるのかについて、彼らは責任をもたない。深いところまで関わっている者には、審議中の特定の立法は私たちの希望のごく一部にすぎず、目的に到達するには程遠いものだということがよくわかっている。それが、さらに足を踏み出すための前進の一歩であることもよくわかっている。そして、多くの変化は悪しきものから良きものへ飛躍によって起こるのではなく、少しずつ実現されるものだということもわかっている。

もしかしたらそこにある問題は、絶望はイデオロギー的な立場ではなく、習慣や反射的な反応だということかもしれない。ソーシャルメディアの探検に時間を浪費しながら私が発見したのは、多くの人が、何かの達成とかポジティブな展開とか、あるいは勝利としかいえない出来事について、それがどんなことであれ、ほとんどすべてに「そうですね《イエス》、でも《バット》」と反応をしていることだ。否定的な反応は癖になる。「そうですね、たしかに今素晴しい出来事がありました、でもその立役者は昔こんな悪いことをしていました」とか、「そうですね、この人びとの苦しみは終わりました、でもどこかでそれと関係のない人びとが死ぬほど苦しんでいます」とか。要約すれば、私たちは悪いことが消滅するまで良いことについて語れない、ということになる。悪事の種が世に尽きず、悪事は止むことを知らないと思えば、私たちは未来永劫、良いことについて語れないことになる。

何かをお祝いしてしまったら未完の仕事を投げ出してしまうのではないか、という心配が根にあるように思えることもある。勝利や、喜びや自信さえも危険だという感覚、変化を祝うこと、あるいは積極的に変化を促すことさえ危険だという感覚だ。

オキュパイ・ウォールストリート運動を通じてアクティヴィストとして頭角をあらわしたヨタム・マロムは、「無力さの政治を解体する」と題したエッセイで、こうした現状について考察している。

今日、無力さの政治について考えてみると、すべての源泉が怯えにあることは火を見るよりも明らかに思える。指導者に怯えること、敵に怯えること、自ら統治せねばならない可能性に怖気づくこと、勝負に賭かっているものへの、お互いへの、そして自分たちへの怯え。どれもこれもすべてよく理解できる。私たちがお互いを指弾して運動から追い出そうとするのは、運動の中で自分が見つけたわずかな帰属意識に必死にしがみつくためだ。そして欠乏感でいっぱいだからだ。物事を切り抜けるために何も十分な備えがないと思い込んでいる（お金や人や権力、あるいは愛までも)。私たちはお互いを生きたまま貪りあい、自分たちのリーダーを攻撃する。なぜなら、私たちは生まれてからずっと傷つけられ、惑わされてきたために、それが目の前でもう一度起こることに耐えられないからだ……おそらくいちばん重大なのは、私たちがお互いを敵視する傾向の原動力になっているのは本当の敵への深い恐怖であり、自分たちの勝利の可能性に希望をもてないこと、その体を竦ませるような無力感だということだ。いずれにしても、認めようが認めまいが、私たちは自分たちが本当に勝つ可能性を信じないことにたくさんの時間を費してきた。仮に私たちが勝利を収めないとしても、私たちが素晴らしい存在であることに変わりはない。仮に勝利が手に入らないのであれば、私たちは自分たちの文化や政治指向に合致する空間をつくり出し、順応を拒む美学を確認しあう関係を結び、未来をかけた闘いに降伏する代わりに、自分たちが支配する小さな島を手に入れればいいのだ。

どうすれば私たちは未来をかけた闘いの場に戻れるだろうか? あなたが希望をもつことが必要だ、そう私は考える。ご褒美でもなければ贈り物でない、あなたが学ぶことによって獲得するものという意味での希望だ。安易な絶望への誘惑に抗い、トンネルを掘り進み、窓を切り開き、扉を開け、あるいは、それを実践している人びとを探し出して獲得するものだ。そんな人びとは存在する。「あの人たちに希望を与えなきゃいけないんだ」、ハーヴェイ・ミルクはかつてそう呼びかけた。彼はまさにその通りに行動した。

あなたは、取り組まねばならない悲惨な物事や過去の敗北の数々について語ることもできるし、可能性への道を歩みつづける自信をくれるような、勝利と成果の数々について語ることもできるはずだ。私が書くのは、敗北主義にとらわれて押し潰されるような思いをしている人びとに手を伸ばし、励ましを与えるためだ。それが勇気となって人びとが立ち上がり、参加し、前を向いて何ができるかを考え、後ろを向いて何をやってきたのかを見返せるように。この本はずっとそんな人びとのためのものだった。あなたがここまで読んでいるなら、ずっとあなたのための本でもあった。

謝辞

この本は、私たちとは誰なのか、私たちにはどんな力があるのか、それによって何ができるのかという、今まさに進行中の大きな対話の一部だ。この本は、英雄的で心優しく、才気に富むたくさんの人びとの文章を読み、対話をし、友情を育み、連帯する長い年月の中から生まれた。私はそうした大勢の人びとによって彼らのいる場所や仕事へ深く引きずり込まれた。とりわけ、以下の人びとによって。私の弟デヴィッド。政治理論家、理想主義者、水平主義運動《ホリゾンタリダード》の記録者、親友、そしてインスピレーションの源であるマリーナ・シトリン。〈プログレッシブ・リーダーシップ・アライアンス・オブ・ネバダ〉のボブ・ファルカーソンと、ケイトリン・バックランド、そしてジョー・アンヌ・ギャレット（一九二五—二〇一三）との友情は、ネバダ州の環境運動に加わった年月を越えて、私がそこから受けとったご褒美になっている。ユタの環境作家チップ・ウォード。オクラホマの先住民オーガナイザーで、長年の友人であるパム・キンギフィッシャー。一九九〇年代ロンドンの〈路上を取り戻せ《リクレイム・ザ・ストリーツ》〉、今はフランスの気候変動運動のアクティヴィストであるジョン・ジョーダン。二〇一四年の早逝が惜しまれる、非暴力理論家で作家のジョナサン・シェル。偉大かつ希望に満ちた非暴力運動の理論家であるスティーヴン・ズネスとエリカ・チェノウェス。350.orgでの私の仲間ビル・マッキベン、パヤル・パレク、ジェイミー・ヘン、アナ・ゴールドステイン、メイ・ブーヴェ。〈オキュパイ・ウォールストリート〉関連の多くのデモの偉大なアクティヴィストたち、とりわけ、親友であり、今は〈ストライク・デット〉で活動している卓抜なアストラ・テイラー。音楽家にして医師、そして私の日々の共謀者であるルーパ・マリヤ。フェミニストの友人エレナ・アセヴェド・ダルコート、および、オンラインでの議論を通じてジェンダーや正義についての私の考えを助け、磨いてくれた多くのフェミニストたち。ルイス・ヴィターレ神父。ゼンケイ・ブランチ・ハートマン。ギレルモ・ゴメス＝ペーニャ。デヴィッド・グレーバー。バリー・ロペスとテリー・テンペスト・ウィリアムズの文章や言葉の奥行きは、この本が形になる過程で考えを深めるヒントをくれた。素晴しいアクティヴィストだった私の親戚マリー・ソルニット・クラーク（一九一六―九七）と、〈平和のための女性ストライキ〉（WSP）の設立メンバーで、人権運動に六〇年以上を捧げているジューン・ソルニット・セール。希望における私の同胞サム・グリーン。先住民にまつわる政治の理解に大事な影響を与えてくれたブラッド・エリクソン。アントニア・ユハス。マヤ・ガルス。ジェニーン・レンティーン。トマス・エヴァンス。グスタボ・エステバ。ポール・ヤマザキ。パトリック・マークスとゲント・スタージョン。そして、このリストには書き切れない、本当にたくさんの人たち。

巻末注記

用語について

自由、公正、民主主義、人権を追求し支持する人びとを指す似たような言葉がたくさんある。たとえば左翼《レフト》、左　派《レフティスト》、進歩派《プログレッシブ》、急進派《ラディカル》といったものだ。左翼《レフト》という言葉は、この本の中で述べたように、この分断された世界の有様には時代遅れで、余計な意味を抱えこんでいる。私もこの言葉をだいたい蔑称として使う点で、また少し意味合いを加えていることにはなるが。進歩派《プログレッシブ》にくっついている進歩という概念も古臭いものだ。急進派《ラディカル》は危ないものを意味すると思われることがよくあるが、それは真の変化は危険なものだと思いたい人びとにとっての話である。

一部の同業者と同じように、私もまた自分の支持するアクティヴィズムがやってきた――あるいは別れを告げた――古く問題を抱えた領域を指すときに「左翼」という言葉を使ってきた。「急進派」にはそこまで歴史との係累がなく、世界の変革に関心をもつ者を指すときに重宝するので、私はこの先もこの言葉を使う。radical の語根 radice は文字通り「根」を意味する。つまり急進派は物事の根っこを目指す、物事の作用よりもその原因へ向かうことを示唆している。

さらに、私は「アクティヴィスト」という言葉を便利な呼称として多用している。これは日常の営みがアクティヴィズムといえる（とはいえ何かと対立しているわけではない）人びと、つまり学校の教師とか有機農業の農家のことは考えに入っていない言葉であり、別のタイプの運動家、つまり反フェミニズム活動家とか、レイシスト、極度の私有財産主義者、公正や人権などへの反対運動をしている人びとも無視した言葉である。私たちがもっといい言葉を見つけるまでは、これで辛抱していただければ幸いである。

注

＊原注に訳者による補足を加えた。

1 Howard Zinn, *Failure to Quit: Reflections of an Optimistic Historian* (Monroe, ME: Common Courage Press, 2003).

2 Virginia Woolf, *The Diary of Virginia Woolf* (Harcourt, New York, 1981). Vol. I. 邦訳は夫レナードによる抄録『ある作家の日記』（神谷美恵子訳、みすず書房）

3 二〇〇三年六月二六日、合衆国最高裁判所はローレンス対テキサス州事件において、同性間の性行為を犯罪としたテキサス刑法によって二名のヒューストン住民が逮捕、訴追された事件の判決を覆した。裁判所の判断は、憲法の認めるプライバシーの権利により、合意の下にある二人の成人の行為は政府の関知するものではないというものだった。この決定は、一九八六年のバウアーズ対ハードウィック事件において、ソドミー（オーラルセックスおよび肛門性交の聖書的な呼称）を禁じたジョージア州法を合憲とした判断とは大きく異なるものだった。

4 Neville Plaice, Stephan Plaice, and Paul Knight, *The Principle of Hope*, Vol. 1. (Cambridge, MA : The MIT Press, 1986), 3. 邦訳は『希望の原理』第1巻（山下肇他訳、白水社）

5 二〇〇〇年の大統領選は盗まれたもので、二〇〇四年も（少なくともオハイオ州では）その可能性があるという事実は、その八年間に世界がたどった道はアメリカ国民の意思とは違うことを意味している。しかしそれも、私たちがこの種の穏やかで緩慢な政変《クー》に抵抗する意思を欠いていたためかもしれない。

6 ラテンアメリカにおける進歩的な政府の躍進はすばらしいことだった。しかし、勝利の後にはさらに変化が起こっている。ウルグアイの政治論者ラウル・ジベチは二〇一五年に以下のように書いている。「ラテンアメリカでは、国によるが一〇年から一五年前くらいに進歩主義が急成長し、いくばくかのポジティブな変化をもたらした。しかしその波は終わりを迎えつつあるように思われる。進歩的な政権はまだ存在しているが、私が指しているのは相対的にポジティブなものをつくり出した、ひとまとまりの政治的な力としての進歩主義である。それは終わった。〔……〕ラテンアメリカの進歩主義は曲がり角に立っている。ひとつの道は、土地所有制度や富裕層を標的にした税制改革といった、社会の構造に手を加える本当の変化のための政治勢力になることで、いまひとつの道は、これらの政府が単に保守化することである。私には後者の道がすでに始まっているように思われる」。つけくわえておくならば、この地域の進歩主義の大部分は政権にまで到達せず、終わっていない。

7 Eduardo Galeano, "Where the People Voted Ageinst Fear," *Progressive*, November 2004.

8 Roger Burbach, "Why They Hate Bush in Chile," *Counterpunch*, November 22, 2004, www.counterpunch.org/2004/11/22/why-they-hate-bush-in-chile.

9 南米の国々は、その大陸から国際通貨基金を政治的圧力もろとも追放してしまう勢いだった。二〇〇五年から二〇〇七年の間に、ラテンアメリカ諸国はＩＭＦの策略と条件に縛られた融資受け入れを八〇パーセントから一パーセントに減らした。この改革を可能にしたのは、石油に富むべネズエラから一部の国に行われた融資だった。

10 Arundhati Roy, "Darkness Passed," Outlook India, May 14, 2004, http://www.outlookindia.com/full.asp?fodname=20040514&f-name=ro y&sid=1.

11 F. Scott Fitzgerald, in *The Crack Up* (New York: New Directions, 1956), 69.

12 Vaclav Havel, *Disturbing the Peace: A Conversation with Karel Hvizdala*, trans. and intro. by Paul Wilson (New York: Vintage Books, 1990), 181.

13 Paolo Freire, *Pedagogy of Hope: Reliving Pedagogy of the Oppressd* (New York: Continuum Books, 1994), 9.

14 Gary Younge, *Guardian* (London) online, October 6, 2003.

15 Bloch, *Principle of Hope*, 5.

16 Jonathan Schell, *The Unconquerable World: Power, Nonviolence, and the Will of the People* (New York: Metropolitan Books, 2003), 160.

17 前掲

18 前掲

19 Adam Hochschild, *Bury the Chains: Prophets and Rebels in the Fight to Free an Empire's Slaves* (New York: Houghton Mifflin, 2005).

20 Chip Ward, *Hope's Horizon: Three Visions for Healing the American Land* (Washington, DC: Island Press/Shearwater Books, 2004).

21 Chip Ward, e-mail to the author, 2004.

22 Vaclav Havel, *Living in Truth: Twenty-Two Essays Published on the Occasion of the Award of the Erasmus Prize to Vaclav Havel*, edited by Jan Vladislav (London: Faber and Faber, 1987), 66.

23 Elizabeth Martinez, "Rooted in the democratic, community-based culture" in David Solnit, ed., *Globalize Liberation* (San Francisco: City Lights, 2004) の草稿より

24 Manuel Callahan, "A Few Theses on Zapatismo," *Globalize Liberation*, 草稿

25 前掲

26 George Orwell, *Homage to Catalonia* (New York: Harcourt Brace and Company, 1980), 42. 邦訳は『カタロニア讃歌』(都築忠七訳、岩波文庫)

27 Fourth Declaration of the Lacandon Jungle, "A new lie is being sold to us as history": Gustavo Esteva and Madhu Suri Prakash, *Grassroots Post-modernism: Remaking the Soil of Cultures* (New York: Zed Books, 1998), 43.

28 Charles Derber, *People Before Profit: The New Globalization in an Age of Terror, Big Money, and Economic Crisis* (New York: St. Martin's Press, 2002), 203.

29 José Bové and François Dufour, *The World Is Not for Sale: Farmers Against Junk Food*, interviewed by Gilles Luneau, translated by Anna de Casparis (London and New York: Verso, 2001), 161.

30 Iain Boal, "Up from the Bottom," in Elaine Katzenberger, ed., *First World, Ha, Ha, Ha!* (Sun

Francisco: City Lights Books, 1995), 173.

31 Eddie Yuen, George Katsiaficas, Daniel Burton Rose, eds., *The Battle of Seattle: The New Challenge to Capitalist Globalization* (New York: Soft Skull Press, 2001), 11.

32 George Monbiot, "At Cancun the Weak Nations Stood Up," *Guardian*, September 16, 2003.

33 Patrick Tyler, "A New Power in the Streets," *New York Times*, February 17, 2003, www.nytimes.com/2003/02/17/world/threats-and-re-sponses-news-analysis-a-new-power-in-the-streets.html.

34 Robert Muller, the web-site of West by Northwest.org, Lynne Twist, "Waging Peace: A Story about Robert Muller," March 14, 2003.

35 前掲

36 Gandhi, Notes from Nowhere, eds., *We Are Everywhere: The Irresistible Rise of Global Anti-capitalism* (London and New York: Verso, 2003), 500. より。

37 Sharon Salzberg, *Faith: Trusting Your Own Deepest Experience* (New York: Riverhead Books, 2002), 139–140. を参照。

38 Borges, "Inferno, I, 32," *Labyrinths* (Harmondsworth, England: Penguin Books, 1970), 273. 邦訳は『ボルヘスの「神曲」講義』（竹村文彦訳、国書刊行会編）

39 前掲

40 Dante Alighieri, *Inferno*, trans. C. H. Sisson (Oxford University Press, 1993).

41 一九四〇年一月一一日の書簡。邦訳は『ベンヤミン——ショーレム往復書簡』山本尤訳、法政大学出版局

42 Walter Benjamin, "Theses on the Philosophy of History", in *Illuminations : Essays and Reflections* (New York : Schocken Books, 1969), 257. 邦訳は『「歴史哲学テーゼ」精読』(今村仁司著、岩波現代文庫所収、野村修訳「歴史哲学テーゼ(歴史の概念について)」

43 シチズン・アラートの最大の勝利は、もちろん、ほかの多様な地域集団および反核運動との連合によって達成された。

44 一九六七年から七七年にかけての世界天然痘根絶を話題に挙げる人がいるだろうか? それが、やっぱりいたのだ。ワールドウォッチ研究所『地球白書』二〇〇三年版に関連記事があり、わたしもこれを読んで思い出した。

45 Chip Ward, *Hope's Horizon.*

46 Jim Crumley, *The Last Wolf in Scotland* (Edinburgh: Birlinn Ltd, 2010).

47 Richard White, "The Natures of Nature Writing," *Raritan*, Winter 2002, 161.

48 Eduardo Galeano, "Utopia is on the horizon": *We are Everywhere*, 499.

49 John Keats, in an 1819 letter to George and Georgiana Keats.

50 Gopal Dayaneni, "War on Iraq: The Home Front," *San Francisco Chronicle*, March 25, 2003.

51 Walter Benjamin, "Theses on the Philosophy of History," in *Illuminations*, 254.(前掲)

52 Hakim Bey, online version of T.A.Z. T.A.Z.(The Temporary Autonomous Zone、一時的自律ゾー

ン）。参考文献に『T. A. Z.――一時的自律ゾーン』ハキム・ベイ著、箕輪裕訳、インパクト出版会

53 June Jordan, "Notes Toward a Black Balancing of Love and Hatred," in *Some of Us Did Not Die*, 285.

54 Phil Huffman, interview with Lynne Sherrod, *Orion Afield*, Summer 2009, 19.

55 William DeBuys, "Looking for the 'Radical Center'" in *Forging a West that Works: An Invitation to the Radical Center* (Santa Fe: The Quivra Coalition, 2003), 51.

56 二〇〇三年九月、筆者によるインタビュー。

57 Cornel West, *Race Matters* (Boston: Beacon Press, 1993), 150.

58 Charles Derber, a *People Before Profit*, 205.

59 Naomi Klein, "The Vision Thing," *The Battle of Seattle*, 314.

60 Naomi Klein, "The Unknown Icon," Tom Hayden, ed. *The Zapatista Reader* (New York: Thunder's Mouth Press/Nation Books, 2002), 121.

61 二〇〇三年八月の筆者あてEメール

62 Alphonso Lingis, in Mary Zournazi, *Hope: New Philosophies for Change*, 38.（前掲）

63 David Solnit, introduction to *Globalize Liberation* の草稿より。

64 Gioconda Belli, *The Country Under My Skin: A Memoir of Love and War* (New York: Alfred A.Knopf 2003), 291.

65 Raoul Vaneigem, *Do or Die* (Earth First! Britain's newsletter), issue 6, 1997, 4.

66 Danny Postel, "Gray's Anatomy" (review), *The Nation*, Dec. 22, 2003, p. 44.

67 Jim Dodge, "Living by Life: Some Bioregional Theory and Practice," in Lorraine Anderson, Scott Slovic, John P. O'Grady, eds., *Literature and the Environment: A Reader on Nature and Culture* (New York: Longman, 1999), 233.

68 Arundhati Roy, quoted in Paul Hawken, "The End of Sustainability," *Bioneers Latter*, Spring 2003, 11.

69 Roxanne Dunbar-Ortiz,: conversation with the author, October 2003.

70 John Amagoalik, in Jens Dahl, Jack Hicks, and Peter Jull, eds., *Nunavut: Inuit Regain Control of Their Lands and Their Lives* (Copenhagen: International Work Group for Indigenous Affairs, 2000), 138.

71 Chris Bright, in *State of the World, 2003: A Worldwatch Institute Report on Progress Toward a Sustainable Society* (New York: W. W. Norton, 2003), 9.

72 Subcommandante Marcos, "Flowers, Like Hope, Are Harvested," in Juana Ponce de Leon, ed., *Our Word Is Our Weapon: Selected Writings* (New York: Seven Stories Press, 2001), 173.

73 Henry David Thoreau, *Walden and Other Writings* (New York: Modern Library, 1937), 613.

74 三名のうちハーマン・ウォレスは二〇一三年に釈放され、その後すぐに亡くなった。アルバート・ウッドフォックスについては、二〇一五年六月八日に下された釈放命令を含め、数多くの請求が却下されつづけているままである〔二〇一六年二月一九日に釈放された。二〇二二年八月四日、新型コロナウイルス感染に伴う疾病により死去〕。ロバート・キング・ウィルカーソンは現在ロバート・ヒラリー・キングの名を使っている。壁画は今もそこにある。

75　念のために書いておけば、この文章はハリケーン・サンディの前に書かれた。ハリケーン・サンディの際、多くのニューヨーク市民が見せた被害への対応は素晴しいものだった。〈オキュパイ・ウォールストリート〉の中でつくられたネットワークを通じて馳せ参じた者も多く、そうやってあの運動の精神や戦術も継承されていた（あの反権威主義は形だけのものではなく、DIY的な相互支援の仕組みが成功するために必要なものだった）。コミュニティ組織、宗教施設、近隣のグループの間につくられたつながりはその後も維持され、より長期的なプロジェクトや連携へと発展していった。

76　デヴィッド・グレーバーは二〇一三年のエッセイに次のように書いている。「ウォーラーステインは以下のように指摘している。フランス革命の時点ですでに単一の世界市場があり、巨大な植民地帝国の支配下でますます単一化してゆく政治システムもあった。その結果として、パリのバスティーユ監獄襲撃はフランス自体への深刻な影響と同じくらいに、場合によってはそれ以上に、デンマークあるいはエジプトにまで影響を及ぼす可能性があった。それゆえにウォーラーステインは〈一七八九年の世界革命〉について述べ、その後にワラキアからブラジルまで五〇もの国でほとんど同時に革命が生じた〈一八四八年の世界革命〉が起こったと述べている。それらの革命では権力の奪取に成功した事例はないが、その後にはほとんどあらゆる場所でフランス革命の影響を受けた制度（とりわけ普遍的初等教育）が導入された。同じように、一九一七年のロシア革命はソヴィエト共産主義のみならず、ニューディール政策やヨーロッパ的福祉国家の淵源となる世界革命だった。この一連のものの末尾は一九六八年の世界革命である。これは一八四八年のものと同じように、中国からメキシコまでほとんどあらゆる場所で発生したが、どこにも権力を獲得することはなく、それにもかかわらずすべてを変えた。これは国家の官僚制に反抗し、個人の解放と政治的解放の不可分性を主張する革命だった。そのもっとも息の長い遺産はおそらく現代的フェミニズムの誕生だろう。」

77 二〇一五年末までに化石燃料から引き揚げられたり、その方針になっている金額は三・四兆ドルに上る。

78 二〇一五年一一月はじめ、オバマはキーストーンXLパイプラインの北部の延伸計画について拒否権を発動した。これは、決断を避ける大統領に六年間にわたって働きかけてきた、気候変動に取り組む運動の大きな勝利だった。

訳者あとがき

東辻賢治郎

レベッカ・ソルニット著『暗闇のなかの希望』は、二〇〇四年に原書の初版、二〇一六年にその増補改訂版が刊行されている。副題を含めた書名はいずれも *Hope in the Dark: Untold Histories, Wild Possibilities*、版元は初版 Nation Books、増補改訂版 Canongate Books である。初版の邦訳は二〇〇五年に井上利男訳『暗闇のなかの希望――非暴力からはじまる新しい時代』として七つ森書館より刊行された。本書は Canongate Books 版を底本とした増補改訂版の全訳であり、初版からの異同としては、序文、第二・四・五章、および末尾の「振り返る――」以降が新たに加筆されたほか、初版から削除された部分、構成を変えて収録された部分がある。

翻訳作業については、凡例に示した通り初版と共通する部分は既存の井上訳を用い、増補分および改訂箇所について東辻が訳出した。ただし既訳分にも全体にわたって語彙の修正や加筆があり、これは東辻が反映を行った。その他の部分に関しても、修正が必要と思われた部分の改稿と訳文の見直しを東辻が行った。

訳者（東辻）が触れた範囲では、日本語に翻訳されて刊行された最初のソルニットの文章は『世界は変えられる——TUPが伝えるイラク戦争の「真実」と「非戦」』（「平和をめざす翻訳者たち」監修、七つ森書館、二〇〇四年）に収録された「マイアミ市街戦のタンク・ガール」（井上利男訳）である。『暗闇のなかの希望』は同じく井上氏の訳によって原書刊行の翌年に紹介された。この本はソルニットがある時代の切迫感の中で発表したものだったが、それがまさに波及するアクティヴィズムの波頭のように時を移さず日本に紹介され、そして更新を経て、むしろ切実さを増して別の時空、別の文脈、そして別の戦争の時代の中で読者を得ようとしている。

訳者は初版の邦訳を読んで以来、改訂版の存在すら知らずにいたが、筑摩書房の永田氏より連絡を受けてはじめて更新を知り、今読まれるべき本であることを確認した。まさにこの時代に必要なものとして本書の刊行を企画し、訳者の遅れがちな作業に伴走してくださった永田氏に深謝を申し上げる。また、ソルニットは自叙伝『私のいない部屋』（左右社、二〇二一年）の中でも『暗闇のなかの希望』初版執筆時の経緯や、そこから現在に至るまでの作家としての関心について触れているので、興味のある読者は参照いただければ幸いである。

解説　ネガティヴ・ケイパビリティのなかの希望

小川公代

レベッカ・ソルニットの『暗闇のなかの希望』は、二〇〇三年に始まったイラク戦争の応答として書かれたエッセイが拡大され、翌年、書籍として刊行された。米国を中心とする有志連合が、国連安保理決議なしの先制攻撃をイラクに対して行い、メディアも政府の武力行使を質すどころかイラクには「大量破壊兵器」が存在することを煽り、「対テロ戦争」という概念を広めていた（二五三～二五四頁）。世界中に絶望が漂っていたこの時期に「希望を擁護する」（一三～一四頁）ために書かれたソルニットのこの名著は、加筆され、改訂版として二〇一六年に刊行された。本書はその邦訳である。

初版が刊行された当時、イギリスで大学院に通っていた私は、連日テレビや新聞が報じていたイラクの「大量破壊兵器」という文字を目で追いながら、米軍らによる空爆で失われていく夥しい数の命のことを思い、胸が締めつけられるようであった。今も、ロシア軍によるウクライナ侵攻、アフガニスタン紛争、シリア内戦など、複数の地域において武力衝突は続いており、それらの終結は見られない。当時のソルニットも希望について語りながら、決して二一世紀の世界情勢を楽観視していたわけではない。「物質的な面や、戦争の残虐性や生態系への打撃といった点では劇的に悪化した状況を冷静に語っている（六二頁）。

米国が「デモクラシーを窒息寸前にまで締めつけていること、そして、私たちの文明が、人間の生存基盤である自然そのものと、海や大気と、数えきれない種類の植物と虫と鳥とを絶滅間際に追いこんでいる」と述べている。しかし、だからこそ「どれくらい多くの戦争が勃発するのか、この惑星がどれほど熱くなるのか、あるいはどの種が生き残るのか――それらは私たちの行動にかかっているのだ」と読者に語りかけている。本書は、「未来は暗闇」だが、絶望するのでもなく、「思い込みを取り除く方向性を模索している（四八―四九頁）。この点において、今まさに読まれるべき一冊となっている。

振り返ってみれば、私が二〇〇四年にイギリスの書店で本書を手にしたタイミングというのは絶妙であった。博士論文の執筆が山場に差しかかった頃だった。フランス革命時の「国家政体《ボディ・ポリティック》」や急進思想家たちが思い描いた身体のイメージがロマン主義文学にどのような影響を及ぼしたかを研究していた。このような過去の言葉を掬い取ってみたところで、一八世紀研究が誰かにインパクトをもたらすことはあるのか、幾分懐疑的であった。埃を被った古書を読み続けることが日常であった私が、いずれ教育に携わり、学生の心に響く言葉を紡ぎ出すことができるのだろうかと不安が頭をもたげていたのだ。

ところが『暗闇のなかの希望』を読んでみると、ソルニットは直接行動《アクティヴィズム》の思想を文学の豊かな水脈から発掘していることがわかった。彼女はアクティヴィズムが「どんなインパクトをもたらすのかは、参加した者でさえ見通していたわけではなかった」し、「何が、どのように、いつ起きるのかはわからない」と、「その不確かさこそが希望」であると強調している（三五―三六頁）。「本を書く。種をまく」（一五三頁）という彼女の言葉の表すところは、人の「思想は行動になり、行動はものごとの秩序を形づくる、そこにいたる一直線の道はない」ということである（一五三―一五四頁）。人の心を動かす言葉が発信され、それが人の口に上り、世間で広がっていくプロセスは「食物連鎖」に喩えられている（九七頁）。

ソルニットの言葉には躍動感や力強さが漲《みなぎ》っている。新しい時代を切り開いてきた抗議運動は「陣痛」（一〇六頁）と表現されている。一九九四年のメキシコの〝サパティスタ〟による新自由主義に対するラディカルな拒絶表明（一〇九～一一〇頁）、一九九九年のシアトルにおけるＷＴＯ（世界貿易機関）会合を阻止するための集会（一二五頁）、二〇〇一年の９・11の被害者たちの無私から生じる「英雄的行為」（一三六頁）、二〇〇三年の世界史上、最大の規模と広がりをもつ集団抗議（一四〇頁）は、新しい未来への胎動であった。それに加えて、「ソロー、奴隷制度廃止運動、トルストイ、女性参政権運動、ガンジー、マーティン・ルーサー・キング、その他さまざまな人たち」によって培われてきた「市民的不服従と非暴力」の実践は、ソルニットに言わせると、「二〇世紀最良の発明であり、爆弾へのアンチテーゼ」でもある（一〇六頁）。

ソルニットのこのように生命力に満ちた言葉の数々は、彼女自身の経験によって醸成され、読者の心を突き動かしてきた。それらは、ロマン主義時代の詩人や作家たちによって実践された奴隷廃止運動や動物愛護運動を通して紡がれた言葉と不思議と共鳴する。だから、博士論文を書き終えた私は迷いなく文学の世界に飛び込むことができ、また経験主義への信頼を強め、ロマン主義文学における言葉と身体性の結びつきについて研究を継続することになった。ソルニットの経験主義はロマン派詩人らのそれを継承しており、なかでも彼女の『ウォークス』はその思想を色濃く表している。「家に籠もって本に埋もれているより、旅行をする方がいろんな経験ができ、偏見を拭い、困難に慣れ」るのだと語る詩人ジョン・キーツは、わざわざ苦労を経験しに旅に出かけた。ソルニットによれば、旅から戻ったキーツは、「そこで目にした息詰まるような貧困の過酷さに衝撃を受けていた」が、そのような経験こそが彼にとって「詩の鍛錬」でもあったのだ。[1]

このような発想はそのまま『暗闇のなかの希望』の想像力を形成している。ソルニットにとってキーツが「苦しみに満ちた世界を「魂を培う現世」と詠んだ」ことは重要である（一七七頁）。ブッシュ政権下で「暴力や破壊」が増大したことにより引き起こされたイラク戦争の惨状は、対岸の火事などではない。ソルニットは「イラクで飢えながら銃を向けられている人」、あるいは「アメリカに入国を拒まれている人」たちを常に「同胞たる人間」としてみなし、彼らの「痛み」に寄り添っている（五一頁）。

これほどまでに大きな絶望の波が押し寄せてきたにもかかわらず、なぜソルニットは希望を持つことができるのか。「未来は暗闇に包まれている。概して、未来は暗闇であることが一番いいのではないかと考える」と言ったのは、女性たちの反戦運動についても書いたモダニズム作家のヴァージニア・ウルフである。ソルニットはこの言葉に言及しながら、すべてが失われたわけではないと訴えている（二二九頁）。ウルフがいなくなった世界でも彼女の精神は根づいている。ソローもまた「花は暗闇で育つ」ことを「信じる」と記した（二三三頁）。同様に、人間の不屈の精神をキノコの巨大な「地下の菌」（二二一頁）に喩えるソルニットも人間の精神の耐久性を信じている。また、因果関係の複雑さにも希望は見出すことができる。たとえば、新自由主義的な「ラスベガス流儀のカジノが先住アメリカ人の認知度を高め、政治力を与え」たりすることもあるとソルニットは述べている（一七〇頁）。つまり「二者択一の思考」を振り切らなければならない。「戦争に反対しつつも戦っている兵士たちに心を寄せることができ」るというソルニットの思考も単純さを回避している（六六頁）。

不確かな現実のなかを、絶望するでもなく、楽観視するでもなく、「私たちの為すことに意味があると信じ」続けること（二〇頁）、このソルニットの思想の根幹には、ウルフにも影響を与えたキーツの「ネガティヴ・ケイパビリティ」という考え方がある。[2]この言葉は、一八一七年一二月二一日の弟たちに宛ててキーツが書いた手紙に言及されている。「短気に事実や理由を手に入れようとはせず、不確かさや、神秘的なこと、疑惑ある状態の中に人が留まることができるときに表れる能力」を示す。[3]すなわち、価値判断を留保する、宙づりになるという意味でもある。ソルニットは、キーツが「あてなくさまよい歩く」(unpredictable meander) ことに特別な意味を持たせている。[4]暗闇のなかを歩くことは、想像世界のなかでさまようことと分かち難く結びついている。

現実は必ずしも計画通りに進むわけではない。何かを信じても、それが必ず実現するというわけでもない。他方で、実現しないとも言い切れない。たとえば、雨のなか反核兵器運動に参加していた女性の手記に「なんてくだらないことをやってるんだろう、とばかばかしくなった」とあるが、何年もたってから、後に反核兵器の活動を始めるベンジャミン・スポック博士にとっての転機がまさに「雨に打たれながら抗議している」女性たちの姿を目にしたことであったことが判明する(四六頁)。世界は連環する。ウルフは「驚くべき美と力をそなえた一連の作品を創作し、その力はウルフ亡き後もずっと、女性たちが自らを解放する支えとなっている。そしてその美はいまなお人びとの精神に火をつけている」（二二九頁）。アクティヴィストたちの活動分野は、「非物質的なもの、象徴的・政治的論議、集合的想像力の領域」である（一五二頁）。「物質世界を攻撃し、物的財産を奪取する」軍隊とはまったく異なる性質だ。「政治からもっともかけ離れた芸術作品が、政治に飛び込ませる力を人に与えるかもしれないこと、人には力を蓄えるための避難所が要ること」について、ソルニットは新刊の『オーウェルの薔薇』で存分に筆をふるっている。薔薇を植樹したオーウェルは、「喜びすなわち美であるもの、美すなわち意味、秩序、静謐であるもの」、これを自然と家庭のなかに見出し、「嘘と欺瞞、残虐行為、愚行に対するたたかいに向かった」（同前）。本書もまた暗闇のなかで「闘うことに価値があるという信念」（六〇頁）を失わないでいることを力強く鼓舞している。

（おがわ・きみよ　英文学）

1　レベッカ・ソルニット『ウォークス　歩くことの精神史』東辻賢治郎訳（左右社、二〇一七年）、一九二頁。

2　Rebecca Solnit, "Woolf's Darkness: Embracing the Inexplicable", *The New Yorker* (April 24, 2014).

3　John Keats, *The Letters of John Keats 1814-1821*, Vol.1, 21, 27(?) December, 1817, ed. Hyder Edward Rollins (Cambridge: Cambridge University Press, 1958), 193.

4　Solnit 前掲書。

5　レベッカ・ソルニット『オーウェルの薔薇』川端康雄、ハーン小路恭子訳（岩波書店、二〇二二年）、一一五頁。

本書は、二〇〇五年三月一日に七つ森書館より刊行された『暗闇のなかの希望――非暴力からはじまる新しい時代』をもとに、原書改訂版（第三版、二〇一六年）の増補をあらたに訳しおろし、修正箇所を反映して文庫化したものです。

ちくま文庫

暗闇《くらやみ》のなかの希望《きぼう》　増補《ぞうほ》改訂版《かいていばん》
——語《かた》られない歴史《れきし》、手《て》つかずの可能性《かのうせい》

二〇二三年四月十日　第一刷発行

著　者　レベッカ・ソルニット
訳　者　井上利男（いのうえ・としお）
　　　　東辻賢治郎（とうつじ・けんじろう）
発行者　喜入冬子
発行所　株式会社　筑摩書房
東京都台東区蔵前二―五―三　〒一一一―八七五五
電話番号　〇三―五六八七―二六〇一（代表）
装幀者　安野光雅
印刷所　三松堂印刷株式会社
製本所　三松堂印刷株式会社

ISBN978-4-480-43827-0　C0131